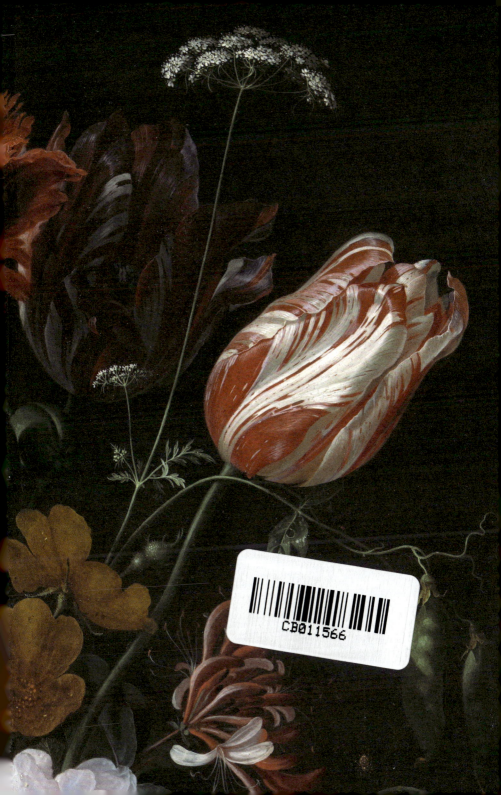

TRADUÇÃO

Silvia Massimini Felix

A semana das cores

Elena Garro

ÍNDICE

A SEMANA DAS CORES

A semana das cores	9
A culpa é dos tlaxcaltecas	27
O sapateirinho de Guanajuato	49
Que horas são...?	65
O dia em que fomos cães	83
Antes da Guerra de Troia	93
O roubo de Tiztla	103
O duende	119
O anel	131
Perfecto Luna	147
A árvore	161
Era Mercúrio	183
Nossas vidas são os rios	197

POSFÁCIO — 209

Os tons de uma intelectual
entre muitas cores

MARIANA ADAMI

A semana das cores

Elena Garro

A semana das cores

Dom Flor surrou o Domingo até lhe tirar sangue, e a Sexta-Feira também saiu toda roxa do espancamento.

Depois da sua confidência, Candelaria mordeu os lábios e continuou batendo os lençóis nas pedras brancas do tanque. Suas palavras sombrias se separaram do estrépito da água e da espuma e foram embora zumbindo entre os galhos. A roupa era tão branca como a manhã.

— E depois? — perguntou Tefa.

Evita queria ouvir o resto da conversa, mas Rutilio chamou Tefa e ela se afastou do tanque.

— O que você disse, Candelaria? — aventurou-se a menina.

— Nada que seus ouvidos de pirralha devam ouvir.

Durante toda a manhã, Candelaria continuou açoitando as roupas brancas contra as pedras brancas. Evita não obteve mais nenhuma palavra da boca da lavadeira. A menina esperou em vão por muito tempo. A criada não se dignou a olhá-la, envolvida no seu trabalho e no canto.

— Que dia é hoje? — perguntou Eva na hora do almoço.

— Sexta-feira — respondeu seu pai.

— Hum! — comentou ela, incrédula.

As semanas não se sucediam na ordem em que seu pai acreditava. Podiam acontecer três domingos juntos ou quatro segundas-feiras seguidas. Também podiam acontecer segunda, terça, quarta, quinta, sexta, sábado e domingo; mas era uma coincidência. Uma verdadeira coincidência! Era muito mais provável que saltássemos abruptamente da segunda para a sexta e da sexta voltássemos para a terça.

— Quem me dera que fosse sempre quinta-feira! — exclamou Leli.

— Eu queria terça-feira — respondeu a irmã.

A quinta e a terça eram os melhores dias.

— Já são cinco sextas-feiras seguidas — disse Leli com um gesto de desagrado.

O pai olhou para ela.

— É uma vergonha que você ainda não saiba os dias da semana.

— Nós sabemos sim! — protestou Evita.

As sextas-feiras roxas e silenciosas enchiam a casa de fendas. Elas viam suas paredes rachadas e se afastavam com medo. Iam correndo até a piscina e, para não verem a poeira, se atiravam de cabeça na água.

— Saiam, sua pele já está toda enrugada de ficar aí dentro!

Tiravam-nas da água e as sentavam à mesa.

As sextas-feiras eram dias cheios de sede. À noite, o barulho das paredes rachadas não as deixava dormir.

— Você acha que vai amanhecer quinta-feira?

Amanhecia sexta-feira de novo. As paredes ainda estavam de pé, sustentadas pelo último pedacinho de quinta-feira.

— Rutilio, que dia é hoje?

— Por que vocês querem saber? Qualquer dia é bom para morrer.

Não era verdade. Havia dias melhores para morrer. A terça-feira era magrinha e transparente. Se morressem na terça-feira, veriam através das suas paredes de papel de seda os outros dias, os da frente e os de trás. Se morressem na quinta-feira, ficariam num disco dourado dando voltas como nos "cavalinhos" e veriam de longe todos os dias.

— Pai, que dia é hoje?

— Domingo.

— É o que diz o calendário do violãozinho, mas não é verdade.

— É o que diz o calendário, porque é o que deve dizer. Há uma ordem, e os dias fazem parte dessa ordem.

— Hum… Acho que não! — insistiu a menina.

O pai deu risada. Sempre que se equivocava ele ria, levantava a franja delas, olhava para suas testas, ria de novo e depois tomava um golinho de café.

— O senhor não sabe de nada — afirmava Evita.

— Vamos ver o dom Flor…

O rei Felipe II as ouviu ali do seu retrato.

— Psiu! Ele está ouvindo…

Olharam-no, pendurado na parede, vestido de preto, ouvindo o que elas murmuravam, junto à mesinha onde comiam as *natillas*[1], perto das cortinas da varanda.

Ninguém via dom Flor. As pessoas que falavam com ele vinham de muito longe e só "quando tinham penas". Eva e Leli fugiam de casa para ir à colina de girassóis gigantes. Da sua altura estratégica, sentadas no chão, dominavam o quintal e o curral da casa de dom Flor. Havia tanta luz que a casa, o quintal e o curral ficavam ao alcance das suas mãos. Da colina, elas podiam ver as panelas, as pedras, as cadeiras e as fibras de agave. A casa era redonda e pintada de branco, parecia um pombal. Por dentro tinha todas as cores, mas isso elas descobriram algum tempo depois. Dom Flor não se vestia de branco, como os outros homens, nem usava calças. Seu traje era longo, cor de buganvília, e parecia uma túnica. Usava o corte de cabelo estilo chanel, assim como as meninas, e à tarde sentava-se no quintal ou na varanda da sua casa para tecer cestas e conversar com os Dias. Da colina, elas o viam trançar os feixes de vime e de fibra de agave branco. Todos os dias eram de uma cor diferente. Às vezes, a semana estava incom-

---

1 NATILLAS: também conhecidas como leite-creme, são uma sobremesa tradicional da culinária espanhola feitas à base de leite, gema de ovo, açúcar e aromas tais como baunilha, laranja, limão e canela. (N. T.)

pleta e dom Flor conversava apenas com a Quarta e o Domingo. Às vezes, ficava quatro vezes seguidas com a Segunda.

— O que tanto vocês falam? Entrem, a comida vai esfriar!

A Sexta, assomando à janela que dava para o curral, chamou dom Flor e a Segunda. Eva e Leli se lembraram de que tinham de voltar para casa. Estava anoitecendo e elas correram colina abaixo e entraram no povoado.

— Já vimos que faz três dias que é segunda-feira — disse Evita.

— Vocês foram à casa de dom Flor? O mal vai despencar em cima de vocês! Vocês não sabem que ele não é católico? Vou contar aos seus pais.

Candelaria ficou muito irritada quando soube que iam ver dom Flor. Por outro lado, ele não sabia e, tranquilo, continuava passeando no curral e trançando cestos com suas mãos escuras. Os Dias sentavam-se numa roda sobre umas esteiras. O círculo dos Dias parecia muito bonito. A semana junta era como um arco-íris que saía sem que chovesse. Certa tarde, dom Flor se aproximou da Quinta, que estava entrelaçando uma fibra de agave branco, e pôs uma flor laranja de nopal na ponta da sua trança preta. A flor era da cor do seu vestido. Eva e Leli ficaram sentadas na colina durante toda a tarde, apesar do calor que descia do céu e subia da terra. Elas não conseguiam parar de olhar para a flor laranja na trança preta. Os girassóis peludos estavam secos e, em vez de fornecer sombra, aumentavam o calor como se fossem feitos de lã.

— É uma pena não termos tranças pretas!

À noite, sua casa iluminada brilhava como a flor laranja sobre a trança preta da Quinta-Feira.

— Hoje é quinta-feira! — anunciaram radiantes.

Felipe II olhou para elas com desgosto. As duas acharam que ele queria esbofeteá-las.

— Confundem os dias. Estão enfeitiçadas... — suspirou Candelaria, trazendo-lhes a cestinha de biscoitos.

A criada cruzou os braços e olhou para elas por muito tempo. Também ela brilhava preta na luz laranja da

Quinta-Feira. As meninas mastigaram com estrépito os "violinos" e as "flautas".

— Nosso Senhor Jesus Cristo vai secar os olhos das duas, por olhar para o que vocês não devem olhar.

— Nosso Senhor Jesus Cristo não nos assusta.

— O que vocês estão dizendo, suas safadas? Vocês também não têm medo de se equivocar com os dias?

Elas não responderam, continuaram comendo seus biscoitos. Nosso Senhor também podia ter cometido um erro e ter dito mal os dias. Era impossível que ele soubesse tudo. Depois daquela tarde, seguiram-se muitas quintas-feiras redondas e alaranjadas. Pouco a pouco, a última quinta-feira se tornou vermelha e entrou novamente o domingo, sem que Nosso Senhor tivesse arrancado os olhos delas. Candelaria também não as delatara para os pais e Felipe II olhava para as duas meninas com raiva e sem palavras.

— Vamos ver que dia ele tira hoje?

Escaparam em direção à colina dos girassóis. A colina estava em silêncio. Não havia cigarras. A terra tinha fechado seus buracos e não deixava as formigas ou os escaravelhos saírem. Um vento vermelho fazia as nuvens avermelhadas baixarem até tocar as pontas dos girassóis. Chovia uma poeira amarela das flores e dom Flor estava sozinho, tombado no quintal da sua casa. Não havia um único dia. A semana tinha acabado. Evita e Leli quiseram voltar para casa. Mas a tarde vermelha girou em torno delas e as duas continuaram sentadas na terra ardente, olhando para o quintal abandonado dos Dias, e dom Flor caído no chão, olhando imóvel para o céu. O tempo passou e dom Flor, nas suas vestes cor de buganvília, permaneceu imóvel, estirado no centro do quintal da sua casa. De tanto olhar para ele, sua roupa começou a se tornar enorme e o pátio, muito pequeno. Talvez Nosso Senhor Jesus Cristo estivesse arrancando seus olhos, então elas só podiam ver a mancha cada vez maior das vestes cor de buganvília.

— Vamos ver dom Flor, ele vai nos dizer.

Desceram a colina e fizeram um desvio até chegar à casa

13

que vibrava branca sob as nuvens vermelhas. Bateram à porta e esperaram. Depois de um tempo, a porta se entreabriu, e então se abriu completamente.

— Que pena as traz aqui, menininhas? — perguntou-lhes dom Flor quando apareceu à porta da sua casa. Elas o olharam, alto, enfiado na sua túnica de pregas opacas, com as orelhas cobertas pelos cabelos pretos.

— Não vemos…

— Entrem, entrem.

Ele as fez entrar num corredor minúsculo, pintado de lilás. E depois saíram para o quintal redondo. As portas dos quartos davam para aquele quintal e estavam todas fechadas. Cada porta era de uma cor diferente. As janelas davam para o curral. A casa era como um pombal. No centro do pátio, onde deveria estar uma fonte, dom Flor dispôs três cadeiras, fez cada uma delas se sentar e as olhou pensativamente.

— Então vocês são as loirinhas?

Elas se deixaram observar em silêncio.

— Cabelo fêmea — acrescentou dom Flor, tocando seus cabelos, com os dedos cheios de anéis.

Ele trouxe a cadeira para mais perto delas e se inclinou sobre as duas para olhar nos seus olhos.

— Olho macho — acrescentou.

As meninas não sabiam o que dizer, baixaram os olhos e os cravaram nas pedras redondas e acinzentadas no chão.

— Tem muita água, muita água nos seus olhos.

Dom Flor disse essas palavras com gravidade. Em seguida, manteve um silêncio aflitivo.

— Entre vocês e eu há toda a água do mundo.

Ao dizer isso, dom Flor ficou muito triste, revirou os olhos, bateu palmas várias vezes com força, como se fosse fazer a tarde explodir, estendeu as mãos para a frente, com as palmas para cima, e permaneceu em êxtase. Depois de um tempo, ele se inclinou sobre Leli, pôs um dedo entre seus olhos e a encarou.

— Você vai para o outro lado da água.

Quando ele tirou o dedo da testa da menina, Leli pensou que tinha aberto um buraco. Dom Flor sacudiu as mãos, como se estivessem molhadas, virou-se para olhar para Eva e pôs outra vez o dedo escuro na testa pálida da menina.

— E você...

Ficou calado, parecia perplexo. Retirou o dedo da testa da menina e pegou no joelho dela.

— Vou ler seu joelho.

Ele se inclinou rapidamente sobre a perna da menina, cheia de terra da colina, e permaneceu assim por muito tempo. Evita não se mexeu.

— Você não vai. Você fica no meio destes dias.

— Quais? — perguntou Eva, assustada.

— Estes. Aqui estamos no centro dos dias.

Suas palavras beberam a água da tarde, e se produziu um silêncio ressecado. As meninas sentiram sede, olharam para o quintal empoeirado pelo qual corria um ar quente. Não havia uma única planta na casa, nem o menor vestígio de folhas.

— Não há mais dias, para onde eles foram? — perguntou Eva.

— A Semana foi para a Feira de Teloloapan. Aqui só ficou o centro dos dias — respondeu dom Flor, olhando-as com seus olhos vidrados que cheiravam a álcool.

— Para a feira?

— Não acreditam em mim? Venham!

Dom Flor se levantou e começou a andar, movendo as pregas da sua túnica cor de buganvília. Elas o viram se afastar. De repente, ele parou, virou-se para olhá-las e as chamou com sinais. As meninas não tiveram escolha a não ser obedecer e se aproximar do homem, que as esperava impaciente. Ele parou diante de uma porta pintada de vermelho.

— Estão vendo?

Sobre a tinta vermelha da porta, em caracteres de um vermelho mais escuro, alguém havia escrito: "Domingo", e em letras menores, "Luxúria" e, mais abaixo, "Liberalidade". O homem tirou das pregas da túnica um molho de pequenas chaves pretas, pegou uma delas e a enfiou no cadeado que fechava a porta. Depois, com um pontapé, a abriu de par em par.

— Entrem.

As meninas entraram acompanhadas de dom Flor e permaneceram de pé no meio do quarto.

— Estão ouvindo? — perguntou o homem, com uma voz estranha.

As meninas o olharam surpresas. No quarto de porta e paredes vermelhas não havia ninguém, nem se ouvia algum barulho.

— Vocês não ouvem as chicotadas? — insistiu dom Flor.

As meninas olharam para seus olhos secos e alertas, seu rosto atento aos ruídos que elas não ouviam. Dom Flor parecia satisfeito, estranhamente satisfeito.

— Ouçam.

No quarto havia apenas um cheiro fortíssimo. Não sabiam se era agradável ou desagradável. De uma das paredes vermelhas pendiam colares de conchas pretas.

— Estão vendo? O Domingo não está, foi para a feira com os outros Dias.

— Não, não está — responderam as meninas.

Dom Flor se aproximou para tocar as conchas pretas, depois se voltou para elas.

— De todas, é a pior: lasciva e perdulária. Não consegui acomodar nela a virtude que impediria o vício.

O homem balançou a cabeça e girou os anéis nos dedos. Voltou a olhá-las com os olhos secos.

— Quando tenho de visitá-la, ela me faz suar sangue, mas eu também tiro o couro dela. Deixo-a toda marcada com as chicotadas… Estão ouvindo? Ela me chama… Ouçam-na! Escutem seu choro me chamando! Ela ama o prazer e os vícios…

As meninas não ouviam nada. O quarto de Domingo lhes deu medo. Olharam para dom Flor, com os olhos tão secos quanto as conchas pretas dos colares que pendiam da parede.

— Ouçam-na…! Ouçam-na…!

Virou-se para olhar para elas, estava sorridente, mostrando os dentes brancos.

— Eu gosto da pele dela toda lisa... esticada como a das goiabas... Lástima de mulher! Lástima...! É carne para o demônio. Dá pena de tanta beleza...!

— Já vamos embora — disseram as meninas, assustadas.

— Como assim, vão embora? Vocês vieram conhecer os dias e eu estou apenas mostrando a luxúria de Domingo.

Dom Flor gargalhou. Acariciou os cabelos pretos e depois ficou triste.

— Dia ruim... Mulher perversa... Espero não me perder nos seus prazeres... Tenho medo dela. Espero não me perder nos seus prazeres...! — repetiu dom Flor, preocupado. Ao sair do quarto de Domingo, fechou a porta com cuidado.

— Eu fecho bem para não deixar escapar os gemidos dela. Essa mulher tem de fazer penitência. Já falei que me faz suar sangue, mas que eu também tiro o dela...

Suas palavras caíram ofegantes sobre a cabeça loira das meninas. Andavam perto das mandíbulas de um animal desconhecido, com o hálito tão quente quanto a tarde. Dom Flor se deteve na porta seguinte. A porta estava pintada de rosa, e com um rosa mais escuro ele havia escrito: "Sábado", "Preguiça", "Castidade".

— Sábado! Preguiça! Castidade! — leu dom Flor.

Abriu a porta e eles entraram num cômodo com paredes cor-de-rosa. O chão do aposento estava coberto com bagaço de cana-de-açúcar. Na parede havia bonequinhas de pano cravadas com alfinetes.

— Também não consegui acomodar no Sábado a virtude. Não serve para nada! Para nada!

Dom Flor parecia muito chateado. Chutou os bagaços de cana e com sua mão cheia de anéis arrumou os alfinetes que ameaçavam cair da cabeça de uma das bonecas.

— Olhem esse desacato! Ela é tão fraca que não serve nem para dar um beijo.

Eva e Leli o deixaram falar, sem entender seu desagrado. Gostariam de perguntar a ele por que as bonecas eram tão pequenas e tão cobertas de alfinetes, mas preferiram ficar caladas. O rosto contrariado de dom Flor as deixou com medo.

— Eu a faço esfregar e esfregar o chão, mas ela não entende. Assim que eu me descuido, ela começa a mastigar cana e a cantar deitada na esteira. Eu a ocupo à força e sem prazer... Não vale nada. Mas precisa saber que eu sou o dono dos Dias. A única coisa que eu gosto é saber que ela não gosta de mim...

Dom Flor se pôs a rir. Rindo, saiu do quarto e fechou a porta, divertido.

As meninas queriam ir embora. Cada palavra de dom Flor cheirava a álcool e saía aumentada da sua boca. O homem, ignorando-as, levou-as para o quarto da Sexta-Feira. Abaixo dessa palavra estavam escritos "Orgulho" e "Diligência". A porta e as paredes eram roxas. Nas paredes havia pipas com grandes rabiolas brilhantes. O quarto cheirava a almíscar e glicerina.

— Vocês não vão encontrar nenhuma palavra aqui — explicou o homem, que ficou em silêncio por um tempo.

— Até falar com ela é difícil. É difícil, muito difícil essa mulher! Nem mesmo com chicotadas consigo descê-la das suas alturas. Os castigos que as outras temem resvalam nela sem uma palavra. Essa mulher me deixa triste... Eu não a alcanço, não a alcanço...

Ele parecia triste mesmo. Abstraído, ficou olhando para um monte de cestos brancos, que estavam empilhados num canto do quarto. Balançou a cabeça, incrédulo.

— Ela é a que tece melhor.

Dom Flor acariciava os cestos brancos, cheirando a campo, e seus olhos se umedeceram.

— Embora eu a ocupe por uma noite inteira, por bem ou por mal, não consigo arrancar uma palavra dela. Deixei-a em chagas! Mas quando uma mulher não quer, é porque ela não quer, e nela o homem se destrói.

Saíram do quarto da Sexta-Feira sem falar. A tristeza de dom Flor recaiu sobre as meninas e as seguiu pelo corredor estreito. No quarto que dizia Quinta-Feira estava escrito: "Cólera" e "Modéstia". Sua porta e as paredes eram alaranjadas, como a flor de nopal que dom Flor havia colocado sobre

18

a trança da mulher. A sala cheirava a flores de abóbora e do teto pendiam espigas de milho.

— A Quinta-Feira vive aqui. As outras tremem. Já lhe disse: "Mulher, você vai acabar no inferno, transformada numa língua de fogo", mas ela não se corrige. Quando a chicoteio, ela vem para cima de mim como um gato. Acreditam? Passo muitas noites e dias seguidos com ela. Dá muitos prazeres, muitos prazeres. Mas só para mim! Nunca conheceu outro homem. Peguei-a muito novinha.

Dom Flor bateu no peito com orgulho. O cheiro que saía da sua túnica as deixou enjoadas. Ele se inclinou e pegou a esteira, para agitá-la diante delas.

— Estão vendo? Estão vendo?

As meninas não viram nada. Os dedos cheios de anéis apontavam para o entrelaçado da esteira.

— Vocês não veem os prazeres? Aqui eles estão desenhados.

O quarto da Quarta-Feira era verde, e as palavras escritas em verde mais pálido eram: "Inveja" e "Paciência".

— Também não consegui acomodar a virtude nesta aqui. Vocês a viram?

— Sim — disseram elas, que tinham visto Quarta-Feira de longe, vestida com sua saia e seu huipil2* verde-abacate e com as tranças cheias de fitas verdes que pendiam da sua nuca.

— Se fosse por ela, eu só a visitaria. É por isso que raramente passo a noite com ela. Mas aguenta tudo: desprezo, espancamentos, desde que de vez em quando eu permita que ela castigue as outras.

Dom Flor riu. Virou-se para olhá-las com seus olhos brilhantes onde dançavam faíscas secas.

— Ela é sanguinária!

O riso chegou até elas com cheiro de álcool. Elas o ouviam sem compreendê-lo.

---

2 *HUIPIL: é uma peça tradicional de vestuário feminino utilizada por diversas comunidades indígenas no México e em partes da América Central. É geralmente uma túnica ou blusa, feita de algodão ou outros tecidos, que pode variar em comprimento e estilo. Muitas vezes é adornado com bordados coloridos e padrões que têm significados culturais e simbólicos. (N. T.)

— Não pensem que eu não gosto. Eu gosto, eu gosto dessa mulher! Não todos os dias. Vocês sabem que há dias para os dias. Deveriam ver como ela fica quando eu lhe ofereço os castigos. É uma cadela! Vocês já viram a cara das cadelas enlaçadas? Ela até baba...!

O quarto da Terça-Feira era amarelo pálido. Na porta dela havia os dizeres: "Avareza" e "Abstinência".

— É tão magrinha que nem gosto de tocá-la. É quebradiça, e eu sou vigoroso. Quero um corpo que combine mais com o meu.

De repente, ele pareceu ficar furioso. Cravou os olhos no chão, como se estivesse procurando algo, abaixou-se rapidamente e levantou uma lajota. No oco de terra solta estavam escondidos uns brincos de contas azuis.

— Já falei para ela não esconder nada. Vou fazê-la vomitar os pulmões, para que os esconda nesse buraco.

A violência das suas palavras ditas em voz baixa fez os amarelos das paredes piscarem. Dom Flor fechou a porta de um golpe. Sufocado, ele se recostou por muito tempo na parede do corredor para se acalmar. Elas esperaram, atônitas.

O quarto da Segunda-Feira era azul como sua roupa. Acima da porta azul, escrita em diferentes azuis, estavam as palavras: "Gula" e "Humildade".

— Esta, quando eu toco nela, lambe minhas mãos. Gulosa!

Dom Flor olhou para as mãos com satisfação. Em seguida, aproximou-as das meninas, como se esperasse que elas também as lambessem. Os anéis estavam gordurosos e as pedras coloridas, opacas. Ele ficou assim por muito tempo, depois se levantou e farejou como um cachorro.

— Cheirem! Cheirem! — insistiu.

Elas inspiraram com força, tentando perceber algum cheiro, mas não sentiram nada. O quarto da Segunda-Feira era o único que não cheirava a nada. O esforço que faziam para cheirar aumentou sua náusea. Dom Flor olhou para elas e gargalhou.

— Não cheiram? A Segunda-Feira é gulosa com iguarias e homens... Isso me deixa muito animalesco... Às vezes me assusta. O homem, meninas, fica em perigo ao lado da mulher gulosa.

Levou-as para o pátio, onde um calor redondo e seco as aguardava.

— Bem, menininhas, vocês viram onde os Dias vivem, e como eles são. Vocês também viram quem administra a Semana. E viram que tudo está em desordem: as cores, os pecados, as virtudes e os Dias. Estamos em desordem, por isso eu chicoteio os Dias, para castigá-los pelas suas faltas.

Dom Flor guardou silêncio. No calor do pátio, as meninas viram que seus trajes estavam sujos, e os dedos em que os anéis giravam estavam impregnados de sujeira. O quintal cheirava a azedo e as palavras saíam decompostas da boca do homem. Dom Flor se inclinou sobre elas e as fitou com seus olhos pretos e secos. Dentro deles havia lagos sangrentos e pedras escuras.

— Digam-me, menininhas, qual é sua pena?

As meninas já tinham esquecido seus temores. Viam os olhos de dom Flor e sentiam o cheiro das correntes de aromas que saíam das frestas das portas coloridas, para se reunirem no centro do quintal e formarem um redemoinho de vapores. Nosso Senhor Jesus Cristo não as castigara e tudo que elas queriam era voltar para casa, onde as paredes e o jardim cheiravam a paredes e a jardim.

— As pessoas daqui me tratam mal, menininhas. Vocês são as primeiras a vir me visitar. Por outro lado, o povo da Cidade do México vem até aqui buscar consolo para suas penas. Eles vêm até mim acovardados, e eu lhes mostro a desordem dos dias e a desordem do homem. Eles vêm até mim para me pedir que castigue o dia em que vão sofrer seu destino. Querem levar vantagem e entrar na disputa com o dia cansado. Há quem vá concorrer suas eleições e eu castigo o dia da votação. As senhoras também vêm, pedindo castigo para o dia das suas rivais. Todos me deixam um bom dinheiro e vão embora contentes, depois de ver como eu castigo o dia que precisam. Quando o veem sangrando, já começam a tirar o dinheiro...

Dom Flor esperou um pouco e começou a rir. Elas não sabiam o que dizer e se empenharam em olhar para o chão. O homem se inclinou sobre a cabeça delas e perguntou:

— E vocês, menininhas, que castigo vocês querem?

As meninas se olharam assustadas, queriam ir para casa e ficar perto de Felipe ii e Candelaria. Dom Flor e sua casa redonda lhes metiam medo.

— Eu sou o dono dos Dias. Sou o Século. Digam-me em que dia vocês se sentiram ofendidas, e verão o que fazemos com o Dia que vocês me pedirem.

As meninas olharam nos olhos de dom Flor.

— Voltem, não importa que haja tanta água entre vocês e eu. Farei o favor de qualquer jeito. Os dias são iguais para todos! Querem que a gente chicoteie a Quinta-Feira? Digam-me, qual é o dia que vocês querem ver sangrando?

Elas voltaram a olhar para o chão. Não queriam ver os olhos do homem nem ouvir suas palavras sombrias.

— Digam-me, menininhas, que dia vocês querem ver sangrando? — dom Flor repetiu a mesma pergunta várias vezes.

— Que dia vocês querem ver sangrando?

Não mudava de voz nem ficava impaciente diante do silêncio.

— Que dia vocês querem ver sangrando?

Demorou muito tempo até que elas pudessem ganhar a porta de saída. Nem verificaram se a porta estava aberta ou fechada. Tudo que queriam era chegar à sua casa. Quando atravessaram o vestíbulo, diante da figura atônita de Rutilio, a voz repetiu:

— Que dia vocês querem ver sangrando? Qual, menininhas? Qual? Digam-me que dia vocês precisam ver sangrando?

Elas caíram em lágrimas. O pai lhes explicou que os dias eram brancos e que a única semana era a Semana Santa: Domingo de Ramos, Segunda-Feira Santa, Terça-Feira Santa, Quarta-Feira Santa, Quinta-Feira Santa, Sexta-Feira Santa, Sábado de Aleluia e Domingo de Páscoa. Mas era difícil esquecer a semana das cores trancada na casa de dom Flor.

— Que dia vocês querem ver sangrando? Qual? Qual?

— Já ficaram como pássaros loucos, confundindo a Semana Santa com a Semana das Cores trancada na casa de dom Flor — disse Candelaria enquanto corria o véu do mosquiteiro, que era ineficaz para protegê-las da pergunta de dom Flor. "Que dia vocês querem ver sangrando? Qual? Qual?"

Pela manhã, Candelaria não lhes levou o café da manhã. Rutilio lhes serviu aveia com leite. Olhava para elas amedrontado. O pai e a mãe tinham saído para fazer uma diligência.

— Para que não incomodem vocês — explicou Rutilio. As meninas olhavam para ele assustadas.

— Vocês têm certeza de que ele falou com vocês? — perguntou Rutilio, aproximando a cesta de biscoitos delas.

— Quem?

— Dom Flor.

Da manhã branca, estendida sobre a toalha da mesa, surgiu a pergunta: "Que dia vocês querem ver sangrando? Qual? Qual?".

— Sim... ele falou muito com a gente... — as duas caíram no choro.

— Deixaram a porta aberta? — perguntou Rutilio.

— Não sei... — respondeu Evita.

— Sim, sim... — assentiu Leli.

— É isso que estão dizendo, que foram vocês que deixaram a porta aberta. Havia tanta pestilência que os tropeiros, ao passarem por ali, perceberam, entraram no quintal e lá o encontraram caído bem no centro. Dizem que foram as mulheres que o mataram, porque a Semana desapareceu... Têm certeza de que ele falou com vocês? Dizem que ele morreu há vários dias...

A SEMANA DAS CORES

A culpa é dos tlaxcaltecas

Elena Garro

A culpa é dos tlaxcaltecas

Nacha ouviu uma batida na porta da cozinha e não se mexeu. Quando insistiram, ela abriu devagar e olhou para a noite. Dona Laura apareceu com um dedo nos lábios em sinal de silêncio. Ainda estava com o vestido branco queimado e sujo de terra e sangue.

— Patroa...! — suspirou Nacha.

Dona Laura entrou na ponta dos pés e olhou para a cozinheira com olhos interrogativos. Depois, confiante, sentou-se junto ao fogão e olhou para sua cozinha como se nunca a tivesse visto antes.

— Nachita, me dê um café... Estou com frio.

— Patroa, o patrão... o patrão vai matá-la. Já pensávamos que estava morta.

— Morta?

Laura olhou espantada para os azulejos brancos da cozinha, levantou as pernas na cadeira, abraçou os joelhos e permaneceu pensativa. Nacha pôs a água no fogo para fazer o café e olhou de soslaio para a patroa; não conseguia pensar em nada a dizer. A senhora pousou a cabeça sobre os joelhos, parecia muito triste.

— Sabe, Nacha? A culpa é dos tlaxcaltecas.

Nacha não respondeu, preferiu olhar para a água que não fervia.

Lá fora, a noite borrava as rosas do jardim e sombreava as figueiras. Muito atrás dos galhos brilhavam as janelas iluminadas das casas vizinhas. A cozinha estava separada do mundo por uma parede invisível de tristeza, por um compasso de espera.

— Você não concorda, Nacha?

— Sim, senhora...

— Eu sou como eles: traidora... — disse Laura, melancólica.

A cozinheira cruzou os braços, esperando a água ferver.

— E você, Nachita, é uma traidora?

Olhou para ela com esperança. Se Nacha compartilhasse sua qualidade de traidora, iria entendê-la, e Laura precisava que alguém a entendesse naquela noite.

Nacha refletiu por alguns instantes, virou-se para olhar para a água que começava a ferver com estrépito, despejou-a sobre o café e o aroma quente fez com que ela se sentisse à vontade perto da sua patroa.

— Sim, eu também sou traidora, dona Laurita.

Feliz, ela derramou o café numa xícara branca, pôs nele dois cubinhos de açúcar e o colocou sobre a mesa, diante da senhora. Esta última, ensimesmada, tomou uns golinhos.

— Sabe, Nachita? Agora eu sei por que tivemos tantos acidentes na famosa viagem para Guanajuato. Em Mil Cumbres ficamos sem gasolina. Margarita se assustou porque já estava escurecendo. Um caminhoneiro nos deu um pouco de combustível para chegar a Morelia. Em Cuitzeo, ao atravessar a ponte branca, o carro parou de repente. Margarita ficou revoltada comigo, você sabe que ela tem medo das estradas vazias e dos olhos dos índios. Quando passou um carro cheio de turistas, ela foi até a vila procurar um mecânico e eu fiquei no meio da ponte branca, que atravessa o lago seco com um fundo de pedras brancas. A luz era muito branca e a ponte, as pedras e o carro começaram a flutuar nela. Em seguida, a luz se partiu em vários pedaços até se tornar milhares de pontos e começou a girar, para depois permanecer fixa como um retrato. O tempo tinha dado a volta completa, como quando você vê um cartão-postal e depois o vira para ver o que está escrito no verso. Foi assim que cheguei ao lago de Cuitzeo, até a outra menina que fui. A luz produz essas catástrofes, quando o sol fica branco e você está no centro dos seus raios. Os pensamentos também se tornam mil pontinhos, e a pessoa sofre de vertigem. Eu, naquele momento, olhei para o tecido do meu vestido branco e nesse instante ouvi seus passos. Não fiquei com medo. Levantei os olhos e o vi chegar. Naquele momento, também me lembrei da magnitude da minha traição, fiquei com medo e quis fugir. Mas o tempo se fechou ao meu redor, tornou-se único e perecível e eu não consegui sair do banco do carro. "Um dia você vai se ver diante das suas ações transformadas em pedras irrevogáveis como esta", me disseram quando criança, quando me mostraram a imagem de um deus, que não me lembro agora qual era. Tudo é esquecido, não é, Nachita?, mas é esquecido apenas por um tempo. Também naquela época, as palavras me pareceram feitas de pedra, só que de uma pedra fluida e cristalina. A pedra se solidificava no fim de cada palavra, para ficar escrita para sempre no tempo. As palavras dos seus ancestrais não eram assim?

Nacha pensou por alguns instantes, depois assentiu, convicta.

— Eram assim, dona Laurita.

— O terrível é que, eu descobri naquele momento, tudo que é incrível é verdadeiro. Lá vinha ele, avançando pela beira da ponte, com a pele queimada pelo sol e o peso da derrota sobre os ombros nus. Seus passos soavam como folhas secas. Seus olhos brilhavam. De longe, suas faíscas negras me alcançaram e vi seus cabelos pretos tremularem em meio à luz branquíssima do encontro. Antes que eu pudesse evitá-lo, ele estava diante dos meus olhos. Parou, pegou a porta do carro e olhou para mim. Tinha um corte na mão esquerda, os cabelos cheios de poeira, e pela ferida do ombro escorria um sangue tão vermelho que parecia preto. Ele não me disse nada. Mas eu sabia que estava fugindo, derrotado. Ele queria me dizer que eu merecia a morte e, ao mesmo tempo, me disse que minha morte causaria a dele. Estava gravemente ferido, me procurando.

"— A culpa é dos tlaxcaltecas — disse a ele.

"Ele se virou para olhar o céu. Então voltou a pousar os olhos sobre os meus.

"— O que você anda fazendo? — perguntou-me ele com sua voz grave. Eu não podia lhe dizer que tinha me casado, porque sou casada com ele. Há coisas que não podem ser ditas, você sabe, Nachita.

"— E os outros? — perguntei-lhe.

"— Aqueles que saíram vivos andam do mesmo jeito que eu. — Vi que cada palavra machucava a língua dele e fiquei calada, pensando na vergonha da minha traição.

"— Você sabe que eu tenho medo, e é por isso que traio…

"— Eu sei — respondeu ele e baixou a cabeça. Ele me conhece desde criança, Nacha. O pai dele e o meu eram irmãos e nós éramos primos. Ele sempre me amou, pelo menos foi o que ele disse e foi nisso que todos nós acreditamos. Na ponte, senti vergonha. O sangue ainda corria pelo seu peito. Tirei um lencinho da bolsa e, sem uma palavra, comecei a limpá-lo. Eu também sempre o amei, Nachita, porque ele é o oposto de mim: não tem medo e não é um traidor. Ele pegou minha mão e olhou para ela.

"— Está muito pálida, parece uma mão igual à deles — disse-me ele.

"— Faz tempo que não tomo sol. — Ele baixou os olhos e deixou cair minha mão. Ficamos assim, em silêncio, ouvindo o sangue correr sobre seu peito. Não me censurava por nada, ele sabe bem do que eu sou capaz. Mas os fiozinhos do seu sangue escreviam no peito dele que seu coração ainda guardava minhas palavras e meu corpo. Lá eu soube, Nachita, que o tempo e o amor são um só.

"— E minha casa? — perguntei-lhe.

"— Vamos vê-la. — Ele me pegou com sua mão quente, como segurava seu escudo, e eu percebi que ele não o levava. "Perdeu na fuga", disse a mim mesma, e me deixei levar. Seus passos soaram na luz de Cuitzeo da mesma maneira que na outra luz: surdos e agradáveis. Caminhamos pela cidade que ardia na beira da água. Fechei os olhos. Eu já te disse, Nacha, que sou covarde. Ou talvez a fumaça e a poeira trouxessem lágrimas aos meus olhos. Sentei-me numa pedra e cobri o rosto com as mãos.

"— Não consigo mais andar — disse eu.

"— Já chegamos — respondeu ele. Agachou-se ao meu lado e acariciou meu vestido branco com a ponta dos dedos.

"— Se você não quer ver como ficou, não olhe — disse ele baixinho.

"Seu cabelo preto me fazia sombra. Ele não estava com raiva, estava apenas triste. Eu nunca teria me atrevido a beijá-lo antes, mas agora aprendi a não ter respeito ao homem, e abracei seu pescoço e o beijei na boca.

"— Você sempre esteve na alcova mais preciosa do meu peito — disse ele. Abaixou a cabeça e olhou para a terra cheia de pedras secas. Com uma delas desenhou dois risquinhos paralelos, que prolongou até se unirem e se tornarem um só.

"— Somos você e eu — disse sem levantar a vista. Eu, Nachita, fiquei sem palavras.

"— Não demora muito para que o tempo acabe e sejamos um só… é por isso que eu estava te procurando… — Eu tinha esquecido, Nacha, que quando o tempo acabar, nós dois devemos ficar um no outro, para entrar no tempo verdadeiro convertidos num só. Quando ele me disse isso, eu o fitei nos olhos. Antes, só ousava olhá-lo quando ele me tomava, mas agora, como eu te disse, aprendi a não respeitar os olhos do homem. Também é verdade que eu não queria ver o que estava acontecendo ao meu redor… sou muito covarde. Lembrei-me dos gritos e voltei a ouvi-los: estridentes, flamejantes no meio da manhã. Também ouvi os golpes das pedras e as vi passar zunindo sobre minha cabeça. Ele se ajoelhou diante de mim e cruzou os braços sobre minha cabeça para me fazer uma cobertura.

"— Este é o fim do homem — disse eu.

"— Isso mesmo — respondeu ele com a voz acima da minha. E eu me vi nos seus olhos e no seu corpo. Era um veado que me levava até a encosta? Ou uma estrela que me lançava a escrever sinais no céu? Sua voz inseriu signos de sangue no meu peito e meu vestido branco ficou listrado como um tigre vermelho e branco.

"— Vou voltar à noite, me espere — suspirou. Ele pegou seu escudo e olhou para mim muito lá de cima.

"— Estamos perto de ser um — acrescentou com a mesma polidez.

"Quando ele foi embora, voltei a ouvir os gritos de combate e saí correndo em meio à chuva de pedras, e escapei até dar com o carro parado na ponte do lago de Cuitzeo.

"— O que aconteceu? Você está machucada? — gritou Margarita quando chegou. Assustada, tocava o sangue no meu vestido branco e apontava para o sangue nos meus lábios e a sujeira que havia entrado no meu cabelo. Dentro de outro carro, o mecânico de Cuitzeo me olhava com seus olhos mortos.

"— Esses índios selvagens, não se pode deixar uma mulher sozinha! — disse ele enquanto saía do carro, supostamente para vir ao meu auxílio.

"À noite, chegamos à Cidade do México. Como ela tinha mudado, Nachita, eu mal podia acreditar! Ao meio-dia os guerreiros ainda estavam lá, e depois não havia vestígios da sua passagem. Também não havia escombros. Passamos pelo silencioso e triste Zócalo; da outra praça, não sobrou nada! Margarita me olhava de soslaio. Quando chegamos em casa, você abriu a porta para nós. Você se lembra?"

Nacha assentiu com a cabeça. Era bem verdade que havia apenas dois meses dona Laurita e sua sogra tinham ido passear em Guanajuato. Na noite em que voltaram, Josefina, a camareira, e ela, Nacha, notaram o sangue no vestido e os olhos ausentes da patroa, mas Margarita, a mulher mais velha, sinalizou-lhes para ficarem quietas. Parecia muito preocupada. Mais tarde, Josefina lhe contou que, à mesa, o patrão ficou olhando para sua mulher mal-humorado e lhe disse:

— Por que você não se trocou? Você gosta de ficar se lembrando de coisas ruins?

Dona Margarita, sua mãe, já tinha contado o que acontecera e lhe fez um sinal como se dissesse: "Fique quieto, tenha dó dela!". Dona Laurita não respondeu; acariciou os lábios e sorriu sorrateiramente. Então o patrão voltou a falar sobre o presidente López Mateos.

— Você sabe que esse nome não sai da boca dele — comentara Josefina, com desdém.

No fundo, achavam que dona Laurita se entediava sempre ouvindo falar do presidente e das visitas oficiais.

— Como são as coisas, Nachita, eu nunca tinha notado como eu estava entediada com Pablo até aquela noite! — comentou dona Laura, abraçando os joelhos com suavidade e de repente concordando com Josefina e Nachita.

A cozinheira cruzou os braços e assentiu com a cabeça.

— Desde que entrei em casa, os móveis, os vasos e os espelhos me oprimiram e me deixaram mais triste do que eu estava antes. Quantos dias, quantos anos ainda terei de esperar meu primo vir me buscar? Assim disse a mim mesma e me arrependi da minha traição. Quando estávamos jantando, notei que Pablo não falava com palavras, e sim com letras. E comecei a contá-las enquanto olhava para sua boca grossa e seu olho morto. De repente, calou-se. Você sabe que ele esquece tudo. Ficou com os braços caídos. "Esse marido novo não tem memória e não sabe nada além das coisas do dia a dia."

"— Você tem um marido perturbado e confuso — disse-me ele, olhando de novo para as manchas no meu vestido. A coitada da minha sogra ficou perturbada, e enquanto tomávamos café ela se levantou para pôr um *twist*.

"— Para que se animem — disse-nos ela, tentando sorrir, pois via a briga chegando.

"Permanecemos em silêncio. A casa se encheu de sons. Olhei para Pablo. 'Parece com...' e não me atrevi a dizer seu nome, por medo de que lessem meus pensamentos. É verdade que se parece com ele, Nacha. Ambos gostam de água e das casas frescas. Ambos olham para o céu à tarde e têm cabelos pretos e dentes brancos. Mas Pablo fala aos saltos, se irrita com tudo e pergunta a todo momento: 'O que você está pensando?'. Meu primo marido não faz nem diz nada disso."

— Bem verdade! É bem verdade que o patrão reclama bastante! — disse Nacha com desgosto.

Laura suspirou e olhou para a cozinheira com alívio. Menos mal que a tinha como confidente.

— À noite, enquanto Pablo me beijava, eu repetia a mim mesma: "A que horas ele vai vir me buscar?". E quase chorava quando me lembrava do sangue da ferida no seu ombro. Também não podia esquecer seus braços cruzados sobre minha cabeça para me fazer uma cobertura. Ao mesmo tempo, eu tinha medo de que Pablo percebesse que meu primo havia me beijado pela manhã. Mas ele não percebeu nada e, se não fosse por Josefina que me assustou de manhã, Pablo nunca saberia.

Nachita concordou. Que Josefina, que adorava um escândalo, era a culpada por tudo. Ela, Nacha, bem que lhe dissera: "Cale-se! Cale-se, pelo amor de Deus, se não ouviram nossos gritos foi por alguma coisa!". Mas até parece: Josefina, assim que entrou no quarto dos patrões com a bandeja do café da manhã, soltou o que deveria ter calado.

— Senhora, ontem à noite um homem estava espiando pela janela do seu quarto! Nacha e eu gritamos sem parar!

— Não ouvimos nada — disse o patrão, espantado.

— É ele…! — gritou a tonta da patroa.

— Quem é ele? — o homem perguntou, olhando para a mulher como se fosse matá-la. Pelo menos foi o que Josefina disse depois.

A patroa, assustadíssima, cobriu a boca com a mão e quando o homem lhe fez a mesma pergunta de novo, cada vez com mais raiva, ela respondeu:

— O índio… o índio que me seguiu de Cuitzeo até a Cidade do México…

Foi assim que Josefina descobriu sobre o índio e foi assim que contou a Nachita.

— Precisamos avisar a polícia imediatamente! — gritou o patrão.

Josefina lhe mostrou a janela por onde o estranho bisbilhotara e Pablo examinou-a com atenção: no batente havia vestígios de sangue quase fresco.

— Está ferido — disse o sr. Pablo preocupado. Deu alguns passos pelo quarto e parou na frente da esposa.

— Era um índio, senhor — disse Josefina, corroborando as palavras de Laura. Pablo viu o vestido branco estirado numa cadeira e o agarrou com violência.

— Você pode me explicar a origem dessas manchas?

A patroa ficou sem palavras, olhando para as manchas de sangue no peito de seu vestido, e o patrão bateu na cômoda com o punho cerrado. Depois se aproximou da patroa e lhe deu uma sonora bofetada. Josefina viu e ouviu isso.

— Seus gestos são ferozes e sua conduta é tão incoerente quanto suas palavras. Não é minha culpa que tenha aceitado a derrota — disse Laura, com desdém.

— Com certeza — afirmou Nachita.

Houve um longo silêncio na cozinha. Laura enfiou a ponta do dedo no fundo da xícara, para tirar a borra do café que havia se assentado, e Nacha, vendo isso, voltou a servir-lhe um café quentinho.

— Beba seu café, senhora — disse ela, compadecida da tristeza da sua patroa. Afinal, do que o senhor estava reclamando? A quilômetros de distância dava para ver que dona Laurita não era para ele.

— Eu me apaixonei por Pablo numa estrada, durante um minuto em que ele me recordou de alguém que eu conhecia, que eu não lembrava. Então, às vezes, recuperava aquele instante em que parecia que ele ia se tornar aquele outro a quem se assemelhava. Mas não era verdade. Imediatamente voltava a ser absurdo, sem memória, e só repetia os gestos de todos os homens da Cidade do México. Como você queria que eu não percebesse o engano? Quando ele fica bravo, me proíbe de sair. Você sabe disso! Quantas vezes ele se mete em brigas em cinemas e restaurantes? Você sabe, Nachita. Por outro lado, meu primo marido nunca, mas nunca, se irrita com a mulher.

Nacha sabia que o que a senhora lhe dizia agora era verdade, por isso, naquela manhã, quando Josefina entrou na cozinha assustada e gritando: "Vá acordar a dona Margarita, que o patrão está batendo na patroa!", ela, Nacha, correu para o quarto da senhora idosa.

A presença da mãe acalmou o sr. Pablo. Margarita ficou muito surpresa ao ouvir falar do índio, pois não o vira no lago Cuitzeo, só tinha visto o sangue como todos podíamos vê-lo.

— Talvez você tenha tido insolação no lago, Laura, e saiu sangue do seu nariz. Olhe, filho, nosso carro estava sem capota — disse, quase sem saber o que dizer.

Dona Laura se deitou de bruços na cama e se encerrou nos seus pensamentos, enquanto o marido e a sogra discutiam.

— Sabe, Nachita, o que eu estava pensando de manhã? E se ele me visse ontem à noite, quando Pablo estava me beijando? E tive vontade de chorar. Naquele momento, lembrei-me de que quando um homem e uma mulher se amam e não têm filhos, estão condenados a se tornarem um só. Era isso que meu outro pai me dizia, quando eu lhe levava água e ele olhava para a porta atrás da qual meu primo marido e eu dormíamos. Tudo que meu outro pai havia me dito agora estava se tornando realidade. Do travesseiro, eu ouvia as palavras de Pablo e Margarita e elas não passavam de bobagens. "Vou buscá-lo", disse a mim mesma. "Mas onde?" Mais tarde, quando você voltou ao meu quarto para me perguntar o que deviam fazer de comida, um pensamento veio à minha cabeça: "Ao café de Tacuba!". E eu nem conhecia esse café, Nachita, só tinha ouvido falar.

Nacha se lembrou da patroa como se a visse agora, pondo seu vestido branco manchado de sangue, o mesmo que ela estava usando naquele momento na cozinha.

— Pelo amor de Deus, Laura, não ponha esse vestido! — disse-lhe a sogra. Mas ela não lhe deu ouvidos. Para esconder as manchas, vestiu uma blusa branca por cima, abotoou-a até o pescoço e saiu para a rua sem se despedir. Depois veio o pior. Não, o pior não. O pior viria agora na cozinha, se dona Margarita acordasse.

— Não havia ninguém no café em Tacuba. É muito triste esse lugar, Nachita. Um garçom se aproximou. "O que eu lhe sirvo?" Eu não queria nada, mas tive de pedir alguma coisa. "Uma cocada." Meu primo e eu comíamos coco quando éramos pequenos... No café, um relógio marcava a hora. "Em todas as cidades há relógios que marcam o tempo, que deve estar indo a passos pequenos. Quando não sobrar nada além de um manto transparente, ele chegará e os dois risquinhos desenhados se tornarão um e eu habitarei a alcova mais preciosa do seu peito." Assim eu me dizia enquanto comia a cocada.

"— Que horas são? — perguntei ao garçom.

"— Doze horas, senhorita.

"— 'Pablo chega à uma', eu disse a mim mesma; 'se eu pedir a um táxi para me levar pela estrada periférica, ainda posso esperar um pouco.' Mas não esperei e saí para a rua. O sol estava prateado, meus pensamentos se transformavam em poeira brilhante e não havia presente, passado ou futuro. Meu primo estava na calçada, ficou na minha frente, os olhos tristes, me olhou por muito tempo.

"— O que você está fazendo? — perguntou-me ele com sua voz grave.

"— Eu estava te esperando.

"Ele ficou quieto como as panteras. Vi seus cabelos pretos e a ferida vermelha no seu ombro.

"— Você não tinha medo de ficar aqui sozinha?

"As pedras e os gritos zumbiram ao nosso redor de novo, e eu senti algo queimando às minhas costas.

"— Não olhe — disse ele.

"Pôs um joelho na terra e com os dedos apagou meu vestido, que começava a queimar. Vi seus olhos muito aflitos.

"— Me tire daqui! — gritei com todas as minhas forças, porque me lembrei de que estava em frente à casa do meu pai, que a casa estava pegando fogo e que atrás de mim estavam meus pais e meus irmãozinhos mortos. Vi tudo retratado nos seus olhos, enquanto ele estava ajoelhado na terra apagando meu vestido. Deixei-me cair em cima dele, que me recebeu nos braços. Com sua mão quente, ele tapou meus olhos.

"— Este é o fim do homem — disse eu, com os olhos sob sua mão.

"— Não veja!

Ele me manteve contra o coração. Eu o ouvi soar como um trovão rolando sobre as montanhas. Quanto demoraria até que o tempo acabasse e eu pudesse sempre ouvi-lo? Minhas lágrimas refrescaram sua mão que ardia no incêndio da cidade. Gritos e pedras nos cercavam, mas eu estava a salvo sob seu peito.

"— Durma comigo — disse ele em voz muito baixa.

"— Você me viu ontem à noite? — perguntei-lhe.

"— Eu te vi...

"Adormecemos à luz da manhã, no calor do incêndio. Quando nos lembramos, ele se levantou e pegou seu escudo.

"— Esconda-se até o amanhecer. Vou voltar para te buscar.

"Ele saiu correndo ligeiro, com as pernas nuas... E eu fugi de novo, Nachita, porque estava sozinha e fiquei com medo.

"— Senhorita, está se sentindo mal?

"Uma voz como a de Pablo se aproximou de mim no meio da rua.

"— Insolente! Deixe-me em paz!

"Peguei um táxi que me trouxe para casa pela estrada periférica e cheguei...

Nacha se lembrou da sua chegada: ela mesma lhe abrira a porta. E foi ela quem lhe deu a notícia. Josefina desceu depois, atabalhoada nas escadas.

— Patroa, o patrão e dona Margarita estão na polícia!

Laura fitou-a atônita, muda.

— Por onde esteve, senhora?

— Fui ao café em Tacuba.

— Mas isso foi há dois dias.

Josefina trazia o *Últimas Noticias*. Leu em voz alta: "A sra. Aldama continua desaparecida. Acredita-se que o sinistro indivíduo de aparência indígena que a seguiu de Cuitzeo até aqui seja um sádico. A polícia está investigando nos estados de Michoacán e Guanajuato."

Dona Laurita arrancou o jornal das mãos de Josefina e rasgou-o com raiva. Depois foi para o quarto. Nacha e Josefina a seguiram, era melhor não deixá-la sozinha. Viram-na se deitar na cama e sonhar com os olhos bem abertos. As duas tiveram o mesmo pensamento e por isso disseram depois na cozinha: "Para mim, a dona Laurita está apaixonada". Quando o patrão chegou, elas ainda estavam no quarto da patroa.

— Laura! — gritou ele. Correu para a cama e pegou a esposa nos braços. — Alma da minha alma! — soluçou o patrão.

Dona Laurita pareceu enternecida por alguns segundos.

— Senhor! — gritou Josefina. — O vestido da senhora está bem chamuscado.

Nacha olhou para ela com desaprovação. O homem verificou o vestido e as pernas da senhora.

— É verdade... as solas dos seus sapatos também estão queimadas. Meu amor, o que aconteceu, onde você estava?

— No café de Tacuba — respondeu a patroa, muito calma.

Dona Margarita contorceu as mãos e se aproximou da nora.

— Sabemos que anteontem você esteve lá e comeu uma cocada. E depois?

— Depois peguei um táxi e vim para cá pela estrada periférica.

Nacha baixou os olhos, Josefina abriu a boca como se fosse dizer alguma coisa e dona Margarita mordeu os lábios. Pablo, por outro lado, agarrou a esposa pelos ombros e a sacudiu com força.

— Pare de se fingir de idiota! Onde você esteve esses dois dias?... Por que você está usando esse vestido queimado?

— Queimado? Mas ele o apagou... — deixou escapar

dona Laura.

— Ele?… O índio nojento? — Pablo a sacudiu novamente, com raiva.

— Eu o encontrei na saída do café em Tacuba… — soluçou a patroa, morta de medo.

— Nunca pensei que você fosse tão baixa! — disse o patrão, e a jogou na cama.

— Diga-nos quem é — pediu a sogra, suavizando a voz.

— Não é, Nachita, que eu não podia dizer a eles que era meu marido? — perguntou Laura, pedindo a aprovação da cozinheira.

Nacha aplaudiu a discrição da sua patroa e lembrou que, naquele meio-dia, ela, apiedada pela situação da patroa, havia opinado:

— Talvez o índio de Cuitzeo seja um bruxo.

Mas dona Margarida se virou para ela com olhos fulgurantes para responder quase gritando:

— Um bruxo? Você quer dizer um assassino!

Depois, por muitos dias não deixaram dona Laurita sair. O patrão ordenou que as portas e janelas da casa fossem vigiadas. Elas, as criadas, entravam continuamente no quarto da patroa para olhá-la. Nacha sempre se recusou a opinar sobre o caso ou a dizer as anomalias que surpreendia nele. Mas quem poderia silenciar Josefina?

— Senhor, hoje de manhã o índio estava de novo na janela — anunciou ao levar a bandeja com o café da manhã.

O senhor correu para a janela e encontrou o vestígio de sangue fresco novamente. Dona Laura começou a chorar.

— Coitadinho… coitadinho… — disse entre soluços.

Foi naquela tarde que o patrão chegou com um médico. Depois o médico voltava todas as noites.

— Ele me perguntava sobre minha infância, sobre meu pai e minha mãe. Mas eu, Nachita, não sabia de que infância, de qual pai ou mãe ele queria saber. Era por isso que lhe falava sobre a conquista do México. Você me entende, não é? — perguntou Laura, com os olhos fixos nas caçarolas amarelas.

— Sim, senhora... — E Nachita, nervosa, perscrutou o jardim através do vidro da janela. A noite mal se deixava ver através das suas sombras. Lembrou-se do rosto desanimado do patrão diante do jantar e do olhar triste da sua mãe.

Mamãe, Laura pediu ao médico a *História...* de Bernal Díaz del Castillo. Diz que essa é a única coisa em que está interessada.

Dona Margarita deixara cair o garfo.

— Meu pobre filho, sua mulher está louca!

— Ela só fala da queda da Grande Tenochtitlán — acrescentou o sr. Pablo com um ar sombrio.

Dois dias depois, o médico, dona Margarita e o sr. Pablo decidiram que a depressão de Laura aumentava com o confinamento. Ela precisava tomar contato com o mundo e enfrentar suas responsabilidades. A partir desse dia, o patrão mandava o automóvel para que a esposa passeasse no Bosque de Chapultepec. A mulher saía acompanhada da sogra e o motorista tinha ordens de ficar de olho nelas. Só que o ar dos eucaliptos não a fazia melhorar, pois assim que voltava para casa dona Laurita se trancava no seu quarto para ler a Conquista do México, de Bernal Díaz.

Certa manhã, dona Margarita voltou do Bosque de Chapultepec sozinha e desamparada.

— A louca escapou! — gritou com voz estridente ao entrar na casa.

— Olhe, Nacha, eu sentei no mesmo banco de sempre e disse a mim mesma: "Ele não me perdoa. Um homem pode perdoar uma, duas, três, quatro traições, mas a traição permanente, não". Esse pensamento me deixou muito triste. Estava quente e Margarita comprou um sorvete de baunilha; eu não quis, então ela entrou no carro para tomá-lo. Notei que estava tão entediada comigo quanto eu com ela. Eu não gosto de ser vigiada e tentei ver outras coisas para não vê-la comendo sua casquinha e olhando para mim. Vi o feno cinzento que pendia das árvores e não sei por quê, a manhã ficou tão triste como aquelas árvores. "Elas e eu vimos as mesmas catástrofes", disse a mim mesma. Na estrada vazia, as horas caminhavam sozinhas. Como as horas estava eu: sozinha numa estrada vazia. Meu marido tinha contemplado pela janela minha traição permanente e me abandonara naquela estrada feita de coisas que não existiam. Lembrei-me do cheiro das palhas de milho e do rumor sossegado dos seus passos. "Era assim que eu caminhava, com o ritmo das folhas secas quando o vento de fevereiro as leva sobre as pedras. Antes eu não precisava virar a cabeça para saber que ele estava ali olhando para as minhas costas"... Eu estava naqueles tristes pensamentos, quando ouvi o sol correr e as folhas secas começaram a mudar de lugar. Sua respiração se aproximou das minhas costas, então ele ficou na minha frente, eu vi seus pés descalços na frente dos meus. Ele tinha um arranhão no joelho. Levantei os olhos e me achei sob os dele. Ficamos um longo tempo sem nos falar. Por respeito, esperava suas palavras.

"— O que você está fazendo? — disse-me ele.

"Vi que ele não se movia e que parecia mais triste que antes.

"— Eu estava te esperando — respondi.

"— O último dia está chegando...

"Pareceu-me que a voz dele vinha das profundezas do tempo. O sangue continuava jorrando do seu ombro. Fiquei cheia de vergonha, abaixei os olhos, abri minha bolsa e tirei um lenço para limpar seu peito. Depois o guardei de novo. Ele ficou parado, me observando.

"— Vamos para a saída de Tacuba... Há muitas traições...

"Ele pegou minha mão e nos afastamos caminhando entre as pessoas, que gritavam e reclamavam. Havia muitos mortos flutuando na água dos canais. Havia mulheres sentadas na grama observando-os flutuar. De todos os lugares a pestilência surgia e as crianças choravam correndo de um lado para o outro, perdidas dos pais. Eu olhava para tudo sem querer ver. As canoas despedaçadas não levavam ninguém, só davam pena. O marido me sentou debaixo de uma árvore destruída. Ele se ajoelhou no chão e olhou alerta para o que estava acontecendo ao nosso redor. Ele não tinha medo. Depois olhou para mim.

"— Já sei que você é uma traidora e que tem boa vontade em relação a mim. O bom cresce junto com o mau.

"Os gritos das crianças mal me deixavam ouvi-lo. Vinham de longe, mas eram tão fortes que rompiam a luz do dia. Parecia que era a última vez que iam chorar.

"— São as crianças — disse ele.

"— Este é o fim do homem — repeti, pois não me ocorria outro pensamento.

"Ele pôs as mãos sobre meus ouvidos e depois me guardou contra seu peito.

"— Traidora eu te conheci e mesmo assim te amei.

"— Você nasceu sem sorte — disse eu. Abracei-o. Meu primo marido fechou os olhos para evitar que as lágrimas fluíssem. Deitamo-nos sobre os galhos destroçados das árvores. Os gritos dos guerreiros, as pedras e o pranto das crianças chegaram até nós.

"— O tempo está se esgotando — suspirou meu marido.

"Por uma fenda, escapavam as mulheres que não queriam morrer com a data. As fileiras de homens caíam uma após a outra, numa corrente como se estivessem de mãos dadas e o mesmo golpe derrubasse todos eles. Alguns davam um grito tão alto que ficava ressoando muito tempo depois da sua morte.

"Faltava pouco para que fôssemos para sempre um só quando meu primo se levantou, juntou os galhos para mim e me fez uma pequena caverna.

"— Você fica me esperando aqui.

"Ele olhou para mim e foi combater na esperança de evitar a derrota. Eu fiquei enrodilhada. Não queria ver as pessoas que estavam fugindo, para não ter a tentação, nem queria ver os mortos que boiavam na água, para não chorar. Comecei a contar os frutinhos que pendiam dos galhos cortados: estavam secos e quando os tocava com os dedos, a casca vermelha caía deles. Não sei por que me pareceram de mau agouro e preferi olhar para o céu, que começou a escurecer. Primeiro ficou pardo, depois começou a assumir a cor dos afogados nos canais. Fiquei lembrando das cores de outras tardes. Mas a tarde continuou se avermelhando, inchando, como se de repente fosse estourar e eu soubesse que o tempo tinha acabado. Se meu primo não voltasse, o que seria de mim? Talvez ele já estivesse morto em combate. Não me importei com a sorte dele e fugi de lá perseguida pelo medo. "Quando ele chegar e me procurar..." Não tive tempo de terminar meu pensamento porque me encontrei no anoitecer da Cidade do México. Margarita já deve ter acabado de tomar seu sorvete de baunilha e Pablo deve estar muito bravo... Um táxi me trouxe pela estrada periférica. E quer saber, Nachita?, as periféricas eram os canais infestados de cadáveres... por isso cheguei tão triste... Agora, Nachita, não conte para o patrão que eu passei a tarde com meu marido."

Nachita acomodou os braços sobre a saia lilás.

— O sr. Pablo foi para Acapulco há dez dias. Ele ficou muito abatido durante as semanas que a investigação durou — explicou Nachita satisfeita.

Laura olhou para ela sem surpresa e suspirou de alívio.

— Quem está lá em cima é dona Margarita — acrescentou Nacha, voltando os olhos para o teto da cozinha.

Laura abraçou os joelhos e olhou através das vidraças das janelas para as rosas apagadas pelas sombras da noite e para as janelas vizinhas que começavam a se apagar.

Nachita derramou sal no dorso da mão e comeu-o, gulosa.

— Quanto coiote! Esse bando de coiotes anda muito alvoroçado! — disse com a voz cheia de sal.

Laura ficou escutando por alguns instantes.

— Malditos animais, você devia ter visto esta tarde — disse ela.

— Desde que não atrapalhem o patrão, ou que o façam tomar o caminho errado — comentou Nacha com medo.

— Se nunca os temeu, por que deveria temê-los esta noite? — perguntou Laura, irritada.

Nacha se aproximou da patroa para reforçar a súbita intimidade que se estabelecera entre elas.

— Eles são mais safados que os tlaxcaltecas — sussurrou numa voz muito baixa.

As duas mulheres ficaram quietas. Nacha devorando pouco a pouco mais um punhado de sal. Laura ouvindo preocupada os uivos dos coiotes que preenchiam a noite. Foi Nacha quem o viu chegar e abriu a janela para ele.

— Senhora... Ele veio buscá-la — sussurrou com uma voz tão baixa que só Laura pôde ouvi-la.

Mais tarde, quando Laura tinha ido com ele para sempre, Nachita limpou o sangue da janela e espantou os coiotes, que entraram no seu século que acabara de ser passado naquele momento. Nacha olhou com os olhos muito velhos, para ver se estava tudo em ordem: lavou a xícara de café, jogou as bitucas de cigarro manchadas de vermelho na lata de lixo, guardou a cafeteira no armário e apagou a luz.

— Eu digo que dona Laurita não era desse tempo, nem era para o patrão — disse ela de manhã, quando levou o café para dona Margarita.

— Já não me acho na casa dos Aldama. Vou procurar outro destino — confidenciou a Josefina. E, num descuido da camareira, Nacha foi embora mesmo sem cobrar seu salário.

A SEMANA DAS CORES

O sapateirinho de Guanajuato

Elena Garro

O sapateirinho de Guanajuato

Eu estava descendo a avenida, levava Faustino pela mão, meu netinho não dizia nada, embora eu pudesse ver que três dias girando pela cidade, sem comida e sem abrigo, o haviam amedrontado. "Sem dinheiro, sem família e sem amigos, o que será de nós?", ia dizendo a mim mesmo, enquanto via as casas e janelas que me observavam passar. Nunca fui mendigo e a vergonha da fome me fazia andar sem ver onde pisava. A cidade é sombria, pois desconhecida, e todas as suas ruas, que são muitas, estão alheias à tristeza de uma pessoa de fora. "O que será de nós sem uma alma que nos proteja?" Ia ouvindo os passinhos encarrilhados de Faustino, sem olhar para ele, para não ver sua fome... "Com certeza a boca dele está muito seca. É pelo sofrimento que se ensina o homem...", era o que eu dizia a mim mesmo, quando a vi pela primeira vez. Estava dentro de um carro novo, empoleirada no banco, bem abraçada ao homem que a tomava pela cintura. Dele só vi os cabelos pretos assomando por sobre um dos seus ombros, e os braços que a seguravam. Disse a mim mesmo: "Nossa, aqui eles se beijam no meio da rua e em plena luz do sol!". Sua cintura fina dentro do vestido branco chamou minha atenção. A porta do carro estava aberta, e vi suas pernas tão nuas quanto seus braços. Faustino também os viu. E nós dois vimos quando ela levantou a mão e lhe deu uma bofetada no meio dos beijos que trocavam. Ele, ofendido, jogou a cabeça para trás e eu não vi mais nada. Não podia ficar parado assistindo. "Velho curioso!", teriam me dito, e com razão. Faustino e eu continuamos pela avenida. "Que temperamento tão intenso!", disse a mim mesmo, e hoje ainda digo: "Que Deus detenha sua mão, para que ela não acabe mal!". De repente, o carro novo passou zunindo por nós. Vimos como lá dentro eles iam lutando: ele para impedi-la, ela com a porta aberta. O carro ia em ziguezague, como se estivesse bêbado. "Pelo amor de Deus, que um poste não apareça no seu caminho!"... Faustino e eu continuamos descendo a avenida, da qual não conseguíamos ver o fim. A referida avenida era como todas as ruas da Cidade do México: fechada por muros e casas, sem desembocar no campo. A luz ali é muito branca e sem vegetação, e nessa hora do dia, com os olhos insones, os pés fatigados e o estômago vazio, é cansativa. Nos meus oitenta e dois anos já vi muito, mas nada tão desamparado quanto os meios-dias da famosa Cidade do México. Faustino ia assustado. Foi o que ela me disse quando falou conosco. Porque de repente a vimos vir caminhando na nossa direção. Seu vestido branco brilhava ao sol. Parecia estar com muito calor. Arregalou os olhos e ficou nos observando.

— Vocês não são daqui, não é?

Viu-nos forasteiros, pelas calças de algodão grosso, pelos *huaraches*[3] e pelos chapéus surrados pelo sol.

— Não, menina.

Ficou pensando e pensando; ela pensa muito em tudo, mesmo que pareça que não.

— Onde estão ficando?

— Em lugar nenhum, menina.

Era feio mendigar, e nós dois preferimos baixar os olhos.

---

3 **HUARACHES:** são um tipo tradicional de sandália de couro mexicana, usada principalmente por comunidades indígenas e rurais. São caracterizados por serem feitos à mão, com tiras de couro trançadas. (N. T.)

Tínhamos vergonha do infortúnio.

— Vocês já comeram?

Perguntou direto, sem rodeios. Por que mentir para ela, se estávamos com fome? Meus olhos ficaram turvos, a velhice não é boa para conter as lágrimas quando querem correr.

— Não, menina. Nem eu nem meu netinho provamos alimento, nos três dias que percorremos essas ruas abençoadas.

Falei tudo isso pelo menino. O orgulho deve ser deixado de lado quando há crianças na história.

— Três dias?

Ela olhou para nós como se estivéssemos mentindo e depois começou a olhar para os carros que nunca param de passar naquela avenida.

— Há muita fome, menina! Muita fome. Não somos só nós que sofremos com isso, na minha cidade estamos todos na mesma penúria. Por isso viemos do campo, para buscar conforto na cidade.

— Esses bandidos do governo...

Ela se irritou como as éguas e deu patadas no chão.

— Venham.

Não me envergonhei da sua caridade. Fazia aquilo com raiva, como se fosse culpada pela minha triste situação. O frescor da sua casa nos consolou da secura da rua. Suas empregadas começaram a rir quando nos viram. Depois, pararam de rir e ficaram sérias. Uma delas se aproximou de dona Blanquita.

— Senhora, já tem três vezes que liga, uma atrás da outra. Seguidinho, seguidinho.

Dona Blanquita ficou vermelha de raiva e apoiou o rosto na mão para não pensar. Todos nós nos calamos.

— Se ligar de novo, diga que eu não cheguei... ou que eu morri...

Suas empregadas e ela ficaram muito tristes. Faustino e eu fingimos que não tínhamos ouvido nada e fizemos como se não estivéssemos lá. As empregadas nos levaram a um quarto para descansar, enquanto preparavam nossa comida.

— Quanto trabalho! — dizia eu.

— Não se preocupe, senhor, estamos às ordens, é assim que a dona Blanquita é.

E assim é. À tarde, fiquei na cozinha conversando com elas. Contei-lhes de Guanajuato e as penúrias pelas quais estávamos passando: queria retribuir a cortesia da hospedagem e das risadas. Quando escureceu, dona Blanquita entrou na cozinha. Ela estava bem triste. Ocupou uma cadeirinha e fumou dois cigarros, sem dizer uma palavra.

— Vá até o Chinês, para ver se ele pode nos fiar algo para o jantar — disse de repente.

Nunca pensei que uma casa tão ajeitada e uma senhora tão bem vestida não tivessem um tostão para jantar. Parecia tão rica!

— O dinheiro vai embora como água. É maldito, não é?

É bem verdade que era maldito. E assim respondi a dona Blanquita.

— Há muita fome na sua terra?

— Sim, menina, muita.

Perguntando, perguntando, ela me fez contar minha vida, meus pesares e o motivo da minha viagem à famosa Cidade do México. Sou sapateiro de profissão, disse-lhe, mas por causa da pobreza ninguém mais compra sapatos em Guanajuato. Foi por isso que juntei uns centavos, que pedi ao agiota, e fiz alguns pares, para vir vendê-los na Cidade do México, onde as pessoas ricas ainda usam sapatos. Eles ficaram muito bonitos, com fivelas prateadas e saltos altos. Somos mineiros por lá, e gostamos tanto de ouro quanto de prata. Em outros tempos, tudo era de ouro; os palácios, os pentes, os altares e em algumas casas até as grades das janelas eram feitas de ouro. Mas, como eu digo, isso foi em outros tempos. Agora somos pobres, por isso vim aqui trazer meus sapatos. Rosa, minha filha mais velha, embrulhou-os em papel de seda, e me emprestou seu filho Faustino, para me acompanhar na viagem. Minha filha Gertrudis preparou comida para nós e fez as marmitas. E numa quinta-feira de manhã partimos. Às três da manhã pegamos a estrada e caminhamos até o meio-dia. Nessa hora, encontramos alojamento na casa de um carvoeiro, que nos ofereceu sua compaixão, sua água fresca e também seu fogo para aquecer as tortilhas. E passamos a noite com ele. Saímos de madrugada. Ao nos despedirmos, ele nos desejou a boa companhia de Deus e nos disse que na viagem de volta nos acolheria de novo. Em nove dias que durou a viagem — nós a fizemos num bom ritmo —, encontramos conforto na gente de bem, que se compadecia de nós. De mim, por causa dos meus oitenta e dois anos. E de Faustino, meu netinho, pelos seus oito tenros anos. Quando entramos na Cidade do México, fomos direto para a Basílica de Guadalupe, para agradecer. Pernoitamos nos portais da basílica, junto com outros peregrinos, que também vieram em busca de consolo para sua fome e suas tristezas. Lá, conversando, conversando, um homem me informou que em qualquer mercado comprariam meus sapatos.

— Que lindos! — disse-me quando os mostrei a ele. Nem percebi que ele os olhava com avidez, até o dia seguinte, quando acordei sem os sapatos. Faustino me disse:

— Vamos procurá-lo, vovô, ele não deve estar tão longe.

E assim foi: começamos a procurar, procurar e procurar sem encontrar. O homem não era muito alto, usava uma jaqueta de couro, tinha cabelos muito pretos e ria de um jeito bonito. Mas não o encontramos. Estávamos à sua procura, sem dinheiro, e sem poder voltar para Guanajuato, quando a encontramos, dona Blanquita.

Dona Blanquita olhou para nós compadecida.

— E quanto valiam seus sapatos?

— Algo entre cem e quinhentos pesos. Eu nunca soube ao certo, porque, como lhe disse, não consegui vendê-los.

— Ai, que ninharia!

E dona Blanquita se pôs a rir. É preciso dizer que ela não é uma pessoa de meias-tintas, ou ri muito, ou fica muito irritada.

— Quinhentos pesos… eu os dou a você e pago sua passagem de ônibus para voltar a Guanajuato.

Agradeci muito. Dei-lhe meu nome junto com o agradecimento: Loreto Rosales, para atendê-la. E meu neto, Faustino Duque, seu servidor. Estava de volta a criada que se chamava Josefina, que é frondosa e de boa aparência.

— O Chinês disse que já vende muito fiado para nós e não quis me dar nem um pedaço de queijo.

— Vai fritar no inferno!

E dona Blanquita saiu da cozinha, dizendo palavrões, ela que é tão delicadinha. Naquela noite tomamos café preto e comemos tortilhas duras com sal. Mas não nos entristecemos, porque, como a própria dona Blanquita nos disse, estávamos todos sob a proteção da Divina Providência. Assim que terminamos de jantar, elas apagaram as luzes da sala e fecharam as cortinas das janelas que davam para a rua. Também apagaram a luz da cozinha. Dona Blanquita e suas criadas se lançaram ao chão, ao lado das janelas, para espiar a rua, através da fresta de uma cortina entreaberta.

— Lá está, dona Blanquita — disse Josefina baixinho.

— Olhe, senhora, está olhando para cá, patrulhando a casa...

— Desgraçado, vou chamar a polícia — disse a mulher.

— Sim, senhora, dê um susto nele antes que nos mate.

Ficamos espiando o perigo até sabe-se lá que horas, porque Faustino e eu nos retiramos para dormir. Mal dormi pensando no inimigo que estava à espera da dona Blanquita. Ouvi as horas: meia-noite, uma da manhã, e elas ainda estavam lá, espionando os passos do malfeitor, para estar prevenidas. Felizmente, dona Blanquita parecia muito irritada. E também Josefina e Panchita. Com esse pensamento adormeci.

— Já tomou café da manhã, dom Loretito? — perguntou-me a senhora de manhã.

— Sim, menina.

— Hoje vou lhe dar seu dinheiro, para que você possa voltar a Guanajuato...

E os dias começaram a correr e eu estava cada vez mais envergonhado. Dona Blanquita não tinha um centavo, e eu não podia fazer nada por ela, nem mesmo ir embora, porque a teria ofendido.

— Deixe-me ir, dona Blanquita!

— Está louco, dom Loretito!

Ela ria, punha música e dançava. Não ficava angustiada com nada. Nunca saía, estava muito ameaçada. À noite, espiava a rua com suas empregadas.

— Estamos entrincheiradas!

— Só Deus pode nos ajudar.

De dia, Josefina ia pedir fiado. Antes de sair, assomava-se à varanda.

— Vou numa carreira antes que ele venha e me agarre.

E voltava imediatamente com as compras fiadas. Enquanto preparava a sopa de macarrão e as *quesadillas* de flor de abóbora, cantava. A tal Josefina tinha uma voz linda. Panchita também cantava enquanto fazia as camas e limpava os espelhos. Dona Blanquita dançava um pouco e bordava um pouco. Eu estava bem e já não pedia para ir embora. O que mais eu queria? Tinha bom tratamento e boa companhia. Meu neto foi autorizado a brincar com o rádio. Eu nem lembrava mais da cidade. Um dia a Providência Divina se lembraria de nós e nos enviaria o dinheiro de que precisávamos. Então, com toda dor no coração, eu voltaria para Guanajuato. E digo com toda dor porque me afeiçoei àquelas três mulheres: é difícil encontrar gente tão risonha. Era assim que eu pensava, e era assim que os dias passavam. Uma tarde, quando já começava a escurecer, bateram à porta. Do meu quarto consegui ouvir a voz de Josefina.

— Desculpe-me, senhor, mas eu não posso pegar o pacotinho...

— Por que não? — era um vozeirão de homem.

Ouvi Josefina fechar a porta de um golpe.

— Dona Blanquita, deixaram isso! — gritou Josefina, desconsolada.

— Estúpida! Por que você pegou?

Ouvi que abriam o pacotinho.

— Viu, viu? Olhe, olhe!

Não me atrevi a assomar a cabeça para ver o que haviam trazido. Josefina entrou muito chateada.

— Vão matá-la... vão matá-la...

Depois de um tempo, vi que Faustino estava brincando com duas bonequinhas quebradas. Ambas estavam vestidas de noivas e os vestidos brancos estavam em frangalhos, as madeixas loiras quase arrancadas.

— Onde você as encontrou, menino?

— Estavam ali, no chão.

Pedimos umas agulhas e um pouco de linha e começamos a costurá-las. Era o que estávamos fazendo quando bateram à porta novamente. Eu fiquei em alerta, para alguma coisa eu tinha de servir, apesar dos meus oitenta e dois anos.

— Você quer matá-la? — gritou Josefina.

— Para que sua sepultura floresça! — Ouvi a voz do mesmo homem.

— Senhora... Dona Blanquita.

Também saí para ver: lá estavam elas, espalhadas no chão, sabe-se lá quantas rosas vermelhas.

— Ele as jogou, senhora, quando eu não quis pegá-las!

— Flores no chão da minha casa, que mau presságio! — gritou dona Blanquita.

Muito vermelha de raiva, ela começou a pegá-las, abriu a janela e as jogou na rua. Josefina ajudou-a. Panchita, ao contrário, pegou uma dúzia e a escondeu num dos banheiros.

— Venha ver, dom Loretito.

A senhora me levou para a varanda. Já estava escuro e as flores, com a luz dos faróis, brilhavam como confetes. Pena que os carros passassem por cima delas. Entramos quando vimos que estavam todas esmagadas. Depois de um tempo bateram na porta novamente, mas dessa vez foi uma batida muito forte, como se quisessem quebrá-la. Pareceu-me que a chutaram ou atiraram nela com uma arma.

— Eu abro, Josefina!

Vimos a sra. Blanquita passar, como um raio. Ela estava furiosa.

Depois não ouvimos mais nada. Com cautela saímos do quarto, no chão da sala havia outro tanto de rosas vermelhas, e a porta da rua estava escancarada.

— Ele a levou! — gritou Josefina.

— Sim, ele a levou — repetiu Faustino.

Nós quatro ficamos muito assustados. Só Deus sabia onde e se um dia a devolveria. Estávamos prestes a falar algo quando dona Blanquita apareceu de novo. Vinha bem desalinhada, com os cabelos lisos sobre o rosto e o vestido branco rasgado.

— Ele jogou o carro em cima de mim... Me dê uma tequila...

A senhora caiu numa cadeira estofada de seda. Seus joelhos estavam raspados. Josefina limpou o sangue das suas pernas, arrumou seus cabelos e passou um lenço no seu rosto. Panchita nos deu a todos um bom gole de tequila.

— Vamos, dom Loretito, tome por causa do susto.

Com dona Blanquita, passa-se de choque em choque. Ela bebeu sua tequila de um gole só, se recuperou, levantou-se e foi ao telefone.

— Por favor, venha até a esquina da minha casa. Vamos ver se você tem coragem de dizer na minha cara... Eu o espero dentro de dez minutos.

Depois de um tempo, ela entrou na cozinha bem agitada. Estava usando outro vestido. Sorriu para nós, mas vi que ela estava muito brava. Vasculhou e vasculhou entre as facas e, em seguida, escolheu um martelo. Ela o pôs debaixo do braço, com a cabeça erguida, o pau grudado no seu corpo, e o segurou com o braço. Parecia que estava desarmada. Ela é ladina, e sabe muito bem o que está fazendo!

— Daqui a pouco eu volto.

Ela nos lançou um beijo com a mão livre e foi embora. As meninas me encararam: "Velho tolo, para que serve?". Li seus pensamentos.

— Vou seguir seus passos... nunca se sabe...

Saí para a rua, na qual não pisava havia muitos dias. À noite havia tantos carros quanto ao meio-dia, e seus faróis a enchiam de reflexos. Por causa deles, eu não conseguia enxergar por onde dona Blanquita estava indo. De repente, eu a vi na calçada oposta. Ao lado dela estava um homem muito alto. Parecia que eles não se falavam, apenas se olhavam: se mediam. Entrei entre os carros e, com muita cautela, me aproximei.

— Siga-me!

— Aqui não — gritou a senhora.

O homem se virou para todos os lados, procurando.

— Você deve estar com seus índios de guarda-costas — disse ele com medo.

— Siga-me.

A senhora começou a andar e o homem a seguiu, olhando, olhando para todos os lados, desconfiado. Ele não me viu. Quem me nota? Ninguém! Ninguém sabe ver um pobre. Além disso, sei caminhar sem ser visto. Me ensinaram isso quando eu era pequeno. Fomos percorrendo ruas com jardins e sem gente. Muito escuras! Eu deslizava entre as árvores e os poucos postes de luz. Também me aproximava das portas e das cercas. Dona Blanquita ia muito à frente, andando sem girar a cabeça, com os braços próximos ao corpo, escondendo a arma, bem retinha. Ela virou à esquerda e ele a seguiu. Fui para o canto e olhei. O homem estava de costas para mim. Ela se aproximou dele.

— Sozinho, me repita o que você disse.

— O que eu disse?... O que eu disse? — perguntou o homem, assustado.

— Me repita o que você disse!

— Você é ruim. Muito ruim...

E o homem se virou depois de fazer sua reclamação. Assim que deu as costas para ela, dona Blanquita pegou o martelo, levantou-o, agarrando-o com as duas mãos, e lhe deu um golpe forte na nuca. A cabeça do martelo pulou na calçada e quicou no meio da rua, de tão forte que o golpe foi! O homem cambaleou alguns passos. À luz dos faróis, vi seus olhos revirarem. Então, como bêbado, ele foi para o meio da rua e procurou a cabeça do martelo, pegou-o e conseguiu jogá-lo num jardim. Em seguida, caiu no chão e botou a cabeça entre as mãos. Dona Blanquita veio finalizá-lo com o pau do martelo. Mas o homem o pegou de um golpe e o atirou dentro do jardim.

— Traidora... Você bate pelas costas...

Ela estava furiosa por ter deixado seu inimigo vivo. Era valente, pois o inimigo era muito forte, uma cabeça mais alto e pesava o dobro dela. Sentado ali, vi o tamanho das suas mãos e ombros. Dona Blanquita olhou para ele por um tempo e depois pegou o caminho de volta para casa. O homem se levantou para segui-la. Passaram muito perto de mim, sem me ver. Eu os segui. "Enquanto ela tiver vantagem, eu não me meto. É bem preparada e não precisa de defesa", dizia a mim mesmo, quando chegamos à última ruazinha, aquela que dá acesso à sua avenida. Ali ela parou, pensando, quem sabe no quê! Perto da esquina havia um mercadinho aberto.

— Vá me comprar uns cigarros! — ordenou.

Lembrei-me que desde a manhã ela não fumava, porque o Chinês não queria lhe vender fiado seus Monte Carlo.

— Sim, meu amor...

Quem falara era o seu inimigo. E, com cautela, parou na porta do mercadinho, vigiando a esquina para que ela não ganhasse a avenida. Estava bloqueando o caminho dela. Ela olhou para ele e se afastou bem devagar, bem devagar. Quando o inimigo entrou para pagar os cigarros, dona Blanquita olhou para todos os lados, procurando uma saída na rua escura, mas não teve escolha a não ser passar em frente à porta do mercado. Olhou para o céu e se deparou com os galhos do freixo. Sem pensar, subiu na árvore como um gato e desapareceu na escuridão da folhagem. O homem saiu com cigarros na mão e não a viu. Mas não desanimou: alerta, subiu a rua, olhando para todos os lados, escrutinando os jardins, os bares, as varandas das casas. Depois, rua abaixo. Depois, subindo a rua novamente, procurando; depois, descendo a rua de novo. Sentei-me na beira da calçada, abaixei o chapéu e fingi estar dormindo, enquanto olhava para ele: rua acima, rua abaixo. A árvore da dona Blanquita estava muito quietinha. E o homem continuou subindo e descendo a rua, olhando para todos os lados. "Condenado, ele sabe que ela não deixou esses arredores e está bloqueando seu caminho!" Mais de uma hora se passou. Fecharam o mercado e o homem continuou subindo e descendo a rua. Certamente dona Blanquita estava olhando para ele e é por isso que não se movia.

— Me jogue um cigarro! — gritou de repente dos galhos do freixo. Eu sempre disse que homens e mulheres acabam se vendendo pelos seus vícios.

— Onde, Blanca, onde? — perguntou o homem, girando como um pião.

— Aqui em cima.

— Onde?

— No freixo!

O inimigo pegou o tronco da árvore e riu tanto que me contagiou também. Ele dava tantas gargalhadas que era difícil jogar o cigarro para ela, pois dona Blanca não quis descer.

— Vá embora, assim posso voltar para minha casa!

— Quero ver sua cara!

— Não pode. Só meus amigos podem vê-la.

— Quanto vale sua cara? Vou comprá-la!

— Quinhentos pesos!

— Os mesmos que você me pediu?

— Os mesmos! Devo-os ao sapateirinho de Guanajuato.

Eu não conseguia rir. O sapateirinho de Guanajuato era eu, Loreto Rosales. Agachei-me bem. Eu não queria que ninguém visse meu rosto. Fiquei com vergonha de que eu, Loreto Rosales, deixasse uma senhora a ponto de matar a marteladas o homem ruim que lhe negava quinhentos pesos!

— Onde está seu sapateirinho para eu dar o dinheiro a ele?

— Num lugar secreto, e você não vai vê-lo.

Ele realmente não deveria me ver. Fui para a esquina bem agachado. Passei em frente ao mercado, que estava com as portas fechadas. Dei a volta, cheguei à avenida e ganhei a casa. Entrei e peguei Faustino, depois tomei a estrada de volta para Guanajuato. Demorei onze dias, pois não encontrava a saída da célebre Cidade do México. Fui embora sem me despedir, porque há momentos em que não dizer adeus é mais cortês. Nos onze dias de caminhada, o que me confortava era pensar que, indo embora, libertaria dona Blanquita da prisão. Já se passaram sete dias desde que cheguei à minha casa. Mas não estou tranquilo. Ontem à noite sonhei com dona Blanquita, de pé no monumento Hemiciclo a Juárez, me procurando. Talvez precise de mim. É por isso que peguei a estrada de volta à Cidade do México na hora certa. Faustino e eu chegaremos num bom ritmo em nove dias, e lá veremos o que precisamos fazer por ela. Afinal, enquanto ela estiver levando vantagem, eu não vou me meter... Porém, com a dona Blanquita, nunca se sabe, nunca se sabe...

A SEMANA DAS CORES

Que horas são...?

Elena Garro

Que horas são...?

—Que horas são, sr. Brunier?

Os olhos castanhos de Lucía recobraram naquele momento o assombro perdido da infância.

O sr. Brunier aguardava a pergunta. Olhou para o relógio de pulso e disse, demarcando as sílabas para que Lucía entendesse bem a resposta:

— Nove e quarenta e quatro.

— Ainda faltam três minutos, que dia longo! Durou a vida toda. Será que Deus vai me presentear com esses três minutos?

Brunier olhou para ela por alguns segundos: recostada, de olhos arregalados e olhando para aquele longo dia que tinha sido sua vida.

— Deus lhe dará muitos anos — disse o sr. Brunier, inclinando-se sobre ela e fitando seus olhos castanhos: folhas murchas que um vento frio varria naquele momento, longe, muito longe daquele quarto estreito.

— Alguém está entrando neste quarto... o amor é para este mundo e para o outro. Que horas são, sr. Brunier?

Brunier voltou a se inclinar para ver aqueles olhos cor de chá, que começavam a ir embora, girando pelo ar como folhas.

— Nove e quarenta e sete, sra. Lucía — disse em tom

respeitoso, olhando nos olhos dela, que agora pareciam estar jogados em qualquer calçada.

— Nove e quarenta e sete — repetiu, supersticioso, e desejando que ela o ouvisse. Mas ela estava quieta, livre da hora, estendida na cama de um quarto barato num hotel de luxo.

Brunier pegou sua mão, tentando encontrar um pulso que ele sabia inexistente. Com a mão firme, baixou as pálpebras dela. O quarto se preencheu de um silêncio grave, que ia do teto ao chão e de parede a parede. Numa mala esquálida estava o xale de gaze cor de pêssego. Pegou-o e estendeu-o sobre o cadáver. Quase não havia volume na cama. O cabelo sépia formava uma mancha desordenada sob a gaze.

Brunier se deixou cair numa poltrona e ficou olhando para os vidros cristalinos das janelas. Do lado de fora, os automóveis de cores claras se enchiam e esvaziavam de jovens barulhentos. Quantos anos fazia desde que ele, com aquele uniforme verde e dourado, guardava a porta do hotel? Vinte e três anos. Era assim que a vida dele se passara. Parecia-lhe que só tinha aberto a porta aos malfeitores. O bando era interminável e os "Bom dia", "Boa tarde" e "Boa noite", também intermináveis. Só a sra. Mitre lhe dissera quando entrou: "Que horas são?". Lembrava-se perfeitamente dela: vinha seguida por dois carregadores que traziam suas malas. Não era muito jovem, talvez já na casa dos trinta. No entanto, ao passar por ele, sorriu-lhe com um sorriso atrevido. "As senhoras não sorriem assim, só os meninos", disse Brunier a si mesmo. E, para completar, aquela senhora piscou para ele. Sentiu-se desconcertado. A viajante usava no pescoço um amplo xale de gaze cor de pêssego, cujas pontas flutuavam atrás dela como asas. Uma das extremidades do xale ficou presa numa das portas e a sorridente estrangeira deu um passo para trás quando se sentiu estrangulada pela gaze. Brunier foi apressado liberar a peça e, em seguida, curvou-se respeitosamente em frente à viajante.

— Obrigada, obrigada! — repetiu a senhora com um forte sotaque estrangeiro.

Brunier se curvou de novo, pronto para se retirar. A estrangeira o deteve, sorridente.

— Como se chama?

— Brunier — respondeu ele, constrangido com indiscrição da senhora.

— Que horas são, sr. Brunier?

Brunier olhou para o relógio de pulso.

— Seis e dez, senhora.

— O avião de Londres chega às nove e quarenta e sete, certo?

— Acho que sim — respondeu o porteiro.

— Faltam três horas e trinta e sete minutos — disse a desconhecida com voz trágica.

A estrangeira cruzou o vestíbulo do hotel a passos largos. Seu casaco curto revelava duas pernas longas e finas, que andavam, não como se estivessem acostumadas a cruzar salões, mas a correr rapidamente pelas planícies. Deu entrada no hotel como Lucía Mitre, recebeu sua chave e anunciou com desenvoltura:

— Reservem o quarto 410 para o sr. Gabriel Cortina, que chega hoje no avião de Londres às nove e quarenta e sete.

O quarto 410 ficava ao lado do quarto 412, o número que lhe havia sido atribuído.

Durante vários dias, a sra. Mitre almoçou e jantou no seu quarto. Ninguém a viu sair. O quarto 410 permaneceu vazio. Na vida do hotel cheio de grupos de pessoas indo e vindo, festas, automóveis parando nas suas portas, esses eventos insignificantes passaram despercebidos. Apenas Brunier espiava com atenção as entradas e saídas dos clientes, esperando para ver de novo a senhora do xale cor de pêssego, que piscara para ele e perguntara a hora. Indagou discretamente entre as empregadas e os camareiros.

— Quem? A sul-americana? Está meio lelé. Arruma-se, senta-se numa poltrona e pergunta: "Que horas são?".

Marie Claire, depois de imitar a voz e os gestos da estrangeira, pôs-se a rir.

— Que mania! Para mim ela não faz nada além de perguntar a hora também — disse Albert, o camareiro que lhe levava o café da manhã.

— Ela tem algo de errado — comentou Brunier, pensativo.

— Está esperando seu amante — exclamou Marie Claire, rindo maldosamente.

Brunier ouviu as confidências e continuou a guardar a grande porta de entrada. Dois meses se passaram. A gerência do hotel perguntou à sra. Mitre se ela planejava continuar mantendo o quarto 410.

— Claro! O sr. Gabriel Cortina chega hoje no avião das nove e quarenta e sete — respondeu com desenvoltura.

— Ela é muito excêntrica! — disseram na administração.

— Os ricos podem ser. O que lhe importam esses francos, se no seu país ela tem cem mil cavalos e trezentas mil vacas? — respondeu *mademoiselle* Ivonne com voz amarga e deixando as contas por alguns instantes para participar da conversa.

— Todos os sul-americanos têm vacas muito boas e péssimas maneiras. Como não têm ideias, estão cheios de manias — disse o sr. Gilbert, aparecendo por trás do pescoço rígido de Ivonne.

A sra. Mitre não era dona de tantas vacas e ao fim do terceiro mês não tinha condições de pagar a última conta do hotel. O sr. Gilbert subiu até seu quarto. A sra. Mitre abriu a porta sorrindo, deixou-o entrar e lhe ofereceu um assento.

— Senhora, me desculpe, estou muito desconcertado, mas... a senhora precisa se mudar para outro hotel.

— Me mudar? — perguntou a senhora, espantada.

O sr. Gilbert ficou em silêncio. Depois assentiu gravemente com acenos de cabeça.

— Não posso me mudar. Estou aqui esperando o sr. Gabriel Cortina. Ele chega hoje à noite, no avião das nove e quarenta e sete. O que ele diria se não me encontrasse? Seria uma catástrofe. Uma verdadeira catástrofe!

O sr. Gilbert estava aflitíssimo. A conta do hotel não havia sido paga.

— Pelo que entendi, a senhora não tem dinheiro para pagar a conta.

— Dinheiro? Não, não tenho nada — disse a senhora, jogando a cabeça para trás e rindo de modo genuíno.

— Nada? — perguntou o sr. Gilbert, mortificado.

— Nada! Nadica de nada — assegurou ela, sem parar de rir. O sr. Gilbert a fitou, sem entender o que ela estava dizendo. A confissão da senhora à sua frente realmente era aterradora.

— Por que o senhor duvida da palavra dele, se ele mesmo me disse que estava chegando hoje no avião das nove e quarenta e sete...?

— Não, não duvido — disse Gilbert, perplexo.

A sra. Mitre olhou para ele por um tempo com seus olhos cor de chá. Então pareceu ficar nervosa, retorceu as mãos e aproximou muito seu rosto do dele.

— Que horas são...? — perguntou, inquieta.

— Quatro e cinco — respondeu o homem, quase com pena.

As noites eram agora muito curtas, e a escuridão fria e cinzenta entrava pelas janelas. O sr. Gilbert acendeu uma lâmpada que ficava num console e sua luz rosada iluminou o rosto pálido da sra. Mitre. Era difícil dizer àquela mulher sorridente e delicada que ela precisava desocupar o quarto, agora mesmo. Olhou para ela e tomou coragem.

— Senhora...!

Ela se virou para ele, sorrindo com aquele sorriso de menino do campo, e lhe piscou um olho.

— Sim, senhor...

— Se pudesse, pelo menos, deixar alguma coisa...

— Alguma coisa? — perguntou, espantada e descruzando as pernas.

— Sim, algo de valor — disse o sr. Gilbert impaciente. Por que justamente ele tinha de dizer à sra. Mitre esse disparate?

Lucía Mitre apoiou os cotovelos nos joelhos, segurou o rosto entre as mãos e o encarou como se não entendesse o que ele estava lhe pedindo. Gilbert ficou em silêncio. Não lhe ocorria acrescentar nenhuma palavra.

— Ah! De valor? — repetiu Lucía, como se fosse para si

mesma. Entrecerrou os olhos e voltou a cruzar as pernas. De repente, levou as mãos à nuca e tirou decididamente o colar de pérolas de várias voltas que estava usando.

— Isso? — disse, estendendo as mãos que seguravam as pérolas. O sr. Gilbert apreciou seus reflexos iridescentes de longe e pareceu se acalmar.

— São muito caras... O quanto eu implorei para que me dessem. Viu? Ninguém sabe para quem implora. Se Ignacio soubesse... — acrescentou como se fosse para si mesma.

O sr. Gilbert não soube o que responder. Lucía estendeu o colar com um gesto amplo.

— Ignacio é meu marido — disse ela a título de explicação.

— Seu marido?... — perguntou Gilbert enquanto pegava a joia.

— Sim, meu marido...

Madame Mitre ficou olhando para o vazio, como se a palavra *marido* a tivesse transportado para um mundo oco.

— É uma história muito complicada. As complicações não são odiosas, senhor...?

— Gilbert — respondeu seu interlocutor quase mecanicamente.

— Gilbert — completou ela sua frase truncada.

As palavras de Lucía soavam irreais no quarto de luz rosada. Sua voz saía com lentidão e parecia que não se dirigia a ninguém. As frases mal ditas rolavam frágeis pelo ar e caíam abafadas sobre o tapete. Lucía olhou para Gilbert, para que ele não se esquecesse do que ela ia dizer.

— Agora o senhor entende por que Gabriel Cortina chega hoje à noite no avião das nove e quarenta e sete, não é?

Gilbert ficou em silêncio e guardou o colar para examiná-lo mais tarde com calma.

A notícia se espalhou entre os funcionários do hotel: "A sra. Mitre entregou um fabuloso colar de pérolas, para continuar esperando a chegada do seu amante". O boato chegou aos ouvidos de Brunier. Cinco meses haviam se passado desde a tarde em que a sra. Lucía piscara para ele, e Brunier, embora nunca mais a tivesse visto, não a esquecera. Ele sempre esperava que o longo xale flutuante e o sorriso hospitaleiro aparecessem. O quarto 410 tinha sido ocupado por um número infindável de viajantes, que se dirigiam para as montanhas da Áustria ou para os sóis de Espanha e Portugal, e a sra. Mitre permanecia invisível no quarto 412 do hotel. Brunier estava inquieto. Ele sabia que, mais cedo ou mais tarde, a senhora ficaria sem pérolas, uma a uma, e então teria de ir para a rua. Essa ideia o mortificava.

— Srta. Ivonne, quantas pérolas a sra. Mitre ainda tem? — perguntou Brunier, com medo da resposta.

— Vinte e duas — respondeu Ivonne.

— E depois?

— Depois, opa! — respondeu Ivonne, estalando os dedos.

— Alguém tem que falar com ela — disse Brunier pensativamente.

— Ela não vai ouvir. Está esperando o amante, que não vai chegar — disse Ivonne, convicta.

— O que ela está fazendo é uma criancice — insistiu o sr. Brunier.

Na tarde de domingo, o sr. Brunier subiu até o quarto 412. Alisou os cabelos antes de bater. Sentia que ia cumprir uma missão importante e que não devia falhar nos seus esforços. Lucía Mitre abriu a porta. Olhou-o sorridente, convidou-o a entrar e lhe ofereceu um assento com o mesmo gesto amplo e alegre.

— Realmente, tem boas maneiras. Mas simplesmente não me ouviu. A única coisa que consegui fazer foi convencê-la a se mudar para o quarto 101, pois assim ela terá dois dias para cada pérola. Vou baixar suas malas amanhã cedo — comentou Brunier mais tarde.

— Essa história está começando a me deixar nervoso — disse Albert.

— E o tal Gabriel, cadê ele?— perguntou Marie Claire, exasperada.

— Talvez não exista. Talvez ela tenha inventado — disse

Mauricio, um dos ascensoristas.

— É muito possível. Caso contrário, já teria dado sinais de vida — assentiu Marie Claire.

Mais tarde, Ivonne encurralou o sr. Brunier no vestiário. A hipótese de que Mauricio não existia chegou até ela, que queria consultar o velho porteiro, pois ele parecia ter muito interesse na estrangeira.

— Você sabe, Brunier, que ela nunca recebeu uma carta de nenhum lugar do mundo?

— E ela não pergunta se há alguma correspondência? — perguntou Brunier, pensativo.

— Não, não diz nada. Só pergunta a hora. Diz que seu relógio está andando muito devagar — explicou Ivonne com avidez.

— Mas ela deve ter morado em algum lugar antes. Não me diga que apareceu assim, de repente, no meio de Paris.

Durante muitos dias, Lucía Mitre morou no quarto 101. Só os criados a viam. Almoçava e jantava no quarto e não falava com ninguém. Certo dia, o sr. Gilbert voltou a visitá-la. Mais uma vez teve de lhe pedir para sair do hotel. Mas Lucía buscou sorridente na sua caixa de joias uns brincos de diamante e os entregou ao visitante.

Brunier subiu ao quarto 101. Queria convencer a sra. Mitre de algo muito doloroso: mudar-se para um hotel mais barato. Dessa forma, seus diamantes se converteriam em muitos dias.

— Muitos dias…? Mas se Gabriel chega hoje no avião das nove e quarenta e sete. Por que vocês estão com tanta pressa…? Nunca viram ninguém esperar pelo amante o dia todo?

— Sim… um dia — disse Brunier.

— Então…? Que horas são? — disse ela.

— Meio-dia e meia — respondeu Brunier, olhando-a desesperado.

— Bem, dentro de nove horas e dezessete minutos Gabriel chega…

Lucía baixou a cabeça, parecia cansada. Ela olhou para as

pontas dos pés e arrumou as dobras da saia de seda cor de pêssego. Em seguida, sorriu levemente para o porteiro, que se sentiu envergonhado. Nada que ele pudesse lhe dizer valeria, porque Lucía Mitre estava girando como uma mariposa em torno de uma luz que ele não percebia, mas que estava ali, no próprio quarto, cegando-a.

— Claro, sr. Brunier, que o tempo virou de pedra... cada minuto que passa é tão grande quanto uma enorme rocha. Constroem-se novas cidades que florescem, decaem e desaparecem, e as cidades e os minutos vão passando; e o minuto das nove e quarenta e sete chegará quando passarem esses minutos de pedra com suas enormes cidades, que estão antes do minuto que eu espero. Quando esse momento soar, a cidade dos pássaros emergirá dessa pilha de minutos e rochas...

— Sim, senhora — disse Brunier, respeitosamente.

— Estou muito cansada... muito cansada... são as pedras — acrescentou Lucía, olhando para o porteiro com olhos cansados. Então, como se estivesse fazendo um esforço, piscou para ele e sorriu com seu sorriso franco de menino. Brunier queria sorrir de volta, mas foi invadido por uma tristeza inexplicável, que o deixou paralisado.

— Quando eu era criança, sr. Brunier, o tempo corria como a música nas flautas. Na época eu não fazia nada além de brincar, não esperava nada. Se nós adultos brincássemos, acabaríamos com as pedras dentro do relógio. Naquele tempo, o amor estava fora dos muros da minha casa, me esperando como uma grande fogueira, toda de ouro, e quando meu pai abriu o portão e me disse: "Saia, Lucía!", corri em direção às chamas: minha vocação era ser salamandra...

Brunier sabia que a sra. Lucía estava enfeitiçada. Mas por quem, ou por quê?

— E o senhor, sr. Brunier, quantas salamandras teve? — perguntou Lucía com interesse, como se de repente se lembrasse que tinha de falar mais do seu interlocutor e menos de si mesma.

— Duas, mas eram salamandras de verdade, não queimaram no fogo — respondeu Brunier.

Depois da visita do porteiro, a senhora ficou ainda mais quieta. Nunca tocava a campainha nem pedia nada. Acabaram lhe mandando as bandejas quase vazias. O sr. Gilbert a visitava de vez em quando, e levava suas joias uma a uma. Ele estava preocupado com aquela presença constante no quarto mais barato do hotel. A primavera passou com seus cachos de neve e cobrindo as castanheiras; o verão foi desfolhado num outono amarelo, o inverno voltou com seus bules fumegantes e Lucía Mitre continuou perguntando as horas, trancada no seu quarto. O sr. Gilbert estava muito ciente da sua presença.

— Senhora, não seria conveniente que escrevesse a seu marido?

— Meu marido?... Para quê?

— Para que faça alguma coisa pela senhora... para pegá-la. Um senhor mexicano é, onde quer que esteja, sempre um cavalheiro.

— Ah! Sim, ele é o melhor dos homens. Serei sempre grata a ele, sr. Gilbert. Se o senhor soubesse... estivemos casados por oito anos... Nunca esquecerei as noites que passei no imenso quarto da sua casa. Minha sogra me ouvia chorar e vinha envolta num quimono japonês...

A sra. Mitre ficou em silêncio, como se ouvisse os passos da mulher que mencionava pela primeira vez. O sr. Gilbert olhou para a porta e teve a impressão de que alguém com um traje oriental entrava na sala sem fazer barulho. A sra. Mitre cobriu o rosto com as mãos e começou a soluçar. Gilbert se levantou.

— Senhora! Por favor!

— O quarto era enorme, cheio de espelhos, e eu me sentia muito solitária. Isso deixava minha sogra irritada... o senhor acha muito ruim, sr. Gilbert?

— Não, não, parece-me natural — respondeu Gilbert, corando.

— Via Ignacio na sala de jantar. No dia em que ele me escreveu a carta fiquei muito surpresa, porque ele poderia ter me dito no almoço. Então vi que essa era a melhor maneira de me contar algo tão delicado. Quer lê-la?

Gilbert não sabia o que dizer. A sra. Mitre se levantou rapidamente e procurou dentro da sua mala um pequeno baú de madeira muito perfumado. Ao abri-lo, respirou a fragrância com prazer e exclamou:

— É de Olinalá!

Depois encontrou uma carta escrita muito tempo atrás e lida muitas vezes, e a entregou a Gilbert com aquele gesto seu, amplo e sorridente, que assumia sempre que tinha de dar algo, fossem suas pérolas, seus diamantes ou sua carta.

— Leia, por favor!

O sr. Gilbert percorreu a carta com os olhos sem entender nada. A carta estava escrita em espanhol, ele só conseguiu decifrar a assinatura: "Ignacio". Balançou a cabeça, como se entendesse o conteúdo daquela carta, dobrou-a com cuidado e quis guardá-la como as pérolas, para que alguém pudesse traduzi-la mais tarde. Mas Lucía Mitre estendeu a mão e ele não teve escolha a não ser entregá-la.

— O senhor viu? — disse com simplicidade. Em seguida, ela se levantou, pegou um fósforo e ateou fogo no papel. Gilbert não pôde impedir o gesto e a carta se retorceu nas chamas, até que se tornou um paninho preto que caiu aos pedaços.

— Agora não serve mais, não é? — perguntou ela, espantada.

— Não, não serve mais — comentou Gilbert, desacorçoado. Ele tinha certeza de que aquela carta queimada continha o segredo de Lucía Mitre.

— Que horas são? Quanto tempo falta para as nove e quarenta e sete?

— Quatro horas e vinte e três minutos — disse o sr. Gilbert com uma voz melancólica.

— Quatro horas...!

— Quando derem as nove, por que a senhora não vai dar um passeio em Paris? Se visse como as docas estão lindas, cheias de livros, de transeuntes...

— Dar uma volta?... Não, não posso. Vou me arrumar

um pouco… Estou tão nervosa — disse ela, tocando o rosto angustiada.

O sr. Gilbert viu suas bochechas encovadas e suas mãos delgadas e trêmulas.

— A senhora é muito bela, sra. Mitre — disse ele, convencido de que a tragédia embeleza seus personagens. A luz que cercava a mulher sentada à sua frente era do tipo que se alimentava de si mesma. Toda ela ardia dentro de chamas invisíveis e luminosas. Ele tinha a impressão de que logo não a veria mais. Admirou os ossos calcinados das suas maçãs do rosto e seus dedos translúcidos. Quando, como e por que entrara naquela bela dimensão suicida? Sentiu-se rude ao lado da senhora vestida de cor de pêssego que se transmutava cada dia mais numa matéria incandescente que lhe era proibida.

— Depois daquela carta, eu não podia mais ficar na casa de Ignacio… Lembro-me de que, na noite do jantar, a seda nas paredes da sala de jantar queimava em pequenas chamas, e que as flores sobre a mesa cheiravam com a frescura que só se encontra nos jardins. Quando vi as mãos de Ignacio e Emilia se acariciando sobre a toalha de mesa, elas me pareceram as mãos desconhecidas de personagens desconhecidos. Nesse momento, fui viver em outra mansão, embora aparentemente continuasse a dormir no quarto da casa de Ignacio. À noite, depois da visita da minha sogra, Gabriel entrava… O senhor conhece o México? Pois Gabriel é como o México, cheio de montanhas e vales imensos… Há sempre sol e as árvores não mudam de folhas, mas de verdes…

A sra. Mitre ficou procurando aqueles sóis brilhando nas copas das árvores do seu país. Gilbert a deixou acompanhada de seus fantasmas. "Seu marido e seu amante a enganaram", disse ele a si mesmo, quando chegou ao seu escritório, e se sentiu responsável pelo destino daquela mulher. Durante os dois meses em que ela ainda morou no hotel, o sr. Gilbert se recusava a comentar o assunto.

— Por favor! Não me falem da sra. Mitre… Sinto calafrios.

Agora Lucía Mitre estava coberta com seu xale de gaze

cor de pêssego. Uma ira antiga e cavalheiresca tomou conta de Brunier; "coitadinha!", disse ele a si mesmo, pensando em Gabriel. "Coitadinha!", repetiu, lembrando-se de Ignacio. Ele deveria avisar Gilbert sobre o que acabara de acontecer no quarto 101.

Os divãs e cadeiras de época forrados de seda em tom pastel, os espelhos, os buquês de flores silvestres e os tapetes cor de mel lhe deram a sensação de entrar no centro quente do ouro. Contemplou os casais refletidos nas luzes dos espelhos, deslizando fragilmente por caminhos invisíveis e perfumados, em busca de amores que talvez durassem apenas algumas horas. Pareciam belos tigres farejando caminhos intransitáveis e ele teve a impressão de que alguns desses personagens fugazes permaneceriam como Lucía, ligados a um minuto irrecuperável.

Brunier se aproximou de Gilbert, que estava de pé, muito corado e vestido com seu fraque impecável, sorrindo para um daqueles casais escolhidos. Esperou alguns minutos.

— A sra. Lucía acaba de morrer — anunciou, sem demostrar sua emoção.

— O que está dizendo? — perguntou Gilbert, assumindo o rosto mais inexpressivo que pôde.

— Que a sra. Lucía Mitre acaba de morrer — repetiu Brunier sem mudar de atitude.

— Que infortúnio! — exclamou o sr. Gilbert em voz baixa. Em seguida, ele atendeu sorridente uma cliente que lhe perguntava sobre o bar.

— Vou chamar a polícia. É preciso evitar que os clientes percebam o que aconteceu.

— Ela morreu exatamente às nove e quarenta e sete minutos — explicou Brunier numa voz que pretendia ser natural.

Gilbert ia dizer alguma coisa, mas a chegada de um cliente o distraiu. O cliente era jovem, trazia uma raquete na mão e seu rosto era bronzeado e sorridente. Com voz brincalhona, explicou que, onze meses atrás, uma amiga dele lhe reservara o quarto 410. Não sabia se a reserva havia sido feita em nome da amiga, Lucía Mitre, ou dele, Gabriel Cortina.

— Mas dá na mesma — explicou, sorrindo.

Gilbert, atônito, não soube o que dizer, olhou nos arquivos e viu que o quarto 410 estava vazio. Pegou a chave e a entregou ao rapaz que estava distraidamente batendo na mesa, com a ponta da raquete.

Gilbert e Brunier, mudos pela surpresa, viram Gabriel Cortina se afastar, dirigindo-se para os elevadores. Brincava com a chave, alheio à sua miséria. Suas calças de flanela e sua jaqueta esportiva lhe davam uma elegância infantil e americana. Os dois homens se entreolharam consternados. Deliberaram por alguns instantes e decidiram que, quando a polícia chegasse, explicariam o que havia acontecido ao recém-chegado.

— É uma catástrofe!

— Uma verdadeira catástrofe!

Às dez e meia da noite, três homens bem vestidos atravessaram o saguão do hotel acompanhados por Brunier e Gilbert. Os cinco homens subiram primeiro ao quarto 410, para contar a Gabriel Cortina o que acontecera. Houve uma batida suave na porta. Vendo que ninguém atendia suas repetidas chamadas, decidiram abrir com a chave mestra. Encontraram o quarto vazio e intacto. Brunier e Gilbert se olharam espantados, mas lembraram que o cliente não tinha outra bagagem além da sua raquete. Procuraram a raquete sem encontrá-la. Em seguida, chamaram os criados, mas nenhum deles tinha visto o jovem que procuravam. Os três policiais verificaram o banheiro e os armários. Estava tudo em ordem: ninguém entrara naquele quarto. Perplexos, os cinco homens desceram à administração; tampouco ali, nenhum dos funcionários, nem mesmo Ivonne, se lembrava da chegada daquele hóspede. A chave do quarto 410 estava pendurada no painel, intacta. Gilbert e Brunier discutiam acalorados com o pessoal da administração sobre a presença de Gabriel Cortina no hotel. A polícia ordenou investigações que foram inúteis, já que o jovem sorridente, dono da raquete, não apareceu em nenhum lugar do hotel. Tinha sumido sem deixar vestígios. Depois de muita discussão, adotaram a hipótese de terem sido vítimas de uma alucinação.

— Era o desejo de que viesse — aceitou o sr. Gilbert, derrotado e melancólico.

— Sim, deve ter sido isso, nós dois a amávamos — confessou Brunier.

Os três policiais ficaram comovidos com o ocorrido. Um deles era da Bretanha e disse que coisas semelhantes aconteciam no seu país.

Sombrios, os cinco homens se dirigiram ao quarto de Lucía Mitre para terminar sua triste tarefa. Ao entrar no quarto, os policiais tiraram o chapéu e se curvaram respeitosamente diante do corpo da senhora.

Brunier, solene, apontou para o pé da cama.

— Lá está! — disse quase sem voz.

Seus quatro acompanhantes viram a raquete branca depositada com descuido aos pés da cama de Lucía Mitre. Voltaram a procurar o jovem dono da raquete, mas a busca foi infrutífera, pois o cliente sorridente, bronzeado pelo sol da América, nunca mais apareceu no Hotel del Príncipe.

Gilbert se inclinou sobre o rosto de Lucía Mitre pela última vez; ela também tinha deixado o hotel para sempre, pois no seu rosto não restava mais nada dela.

A SEMANA DAS CORES

O dia em que fomos cães

Elena Garro

O dia em que fomos cães

O dia em que fomos cães não foi um dia qualquer, embora tenha começado como todos os dias. Acordamos às seis da manhã e soubemos que era um dia com dois dias dentro. Deitada de costas, Eva abriu os olhos e, sem mudar de posição, olhou para um dia e olhou para o outro. Eu já os tinha aberto havia muito tempo e, para não ver a imensidão da casa vazia, olhava para ela. Por que não tínhamos ido à Cidade do México? Ainda não sei. Pedimos para ficar e ninguém se opôs ao nosso desejo. Na véspera, o corredor se encheu de maletas: todos fugiam do calor de agosto. De manhã cedinho, as malas partiram numa carruagem puxada por cavalos; na mesa restaram as xícaras de café com leite pela metade e a aveia coalhada nos pratos. Os conselhos e as recomendações caíram sobre as lajotas do corredor. Eva e eu olhamos para eles com desdém. Éramos donas dos pátios, dos jardins e dos quartos. Quando tomamos posse da casa, um grande peso recaiu sobre nós. O que poderíamos fazer com os arcos, as janelas, as portas e os móveis? O dia se tornou sólido, o céu violeta se encheu de nuvens escuras e o medo se instalou nos pilares e nas plantas. Perambulamos em silêncio pela casa e vimos nossos cabelos se transformarem em farrapos. Não tínhamos nada a fazer, e ninguém para perguntar o que fazer. Na cozinha, os criados se amontoavam ao redor do braseiro, para comer e cochilar. As camas não foram feitas; ninguém regou as samambaias nem retirou as xícaras sujas da mesa da sala de jantar. Quando escureceu, os cantos dos criados chegaram até nós carregados de crimes e tristezas, e a casa se afundou nesse dia, como uma pedra num barranco muito profundo.

Acordamos determinadas a não repetir o dia anterior. O novo dia brilhava duplo e intacto. Eva olhou para os dois dias paralelos que brilhavam como duas linhas escritas na água. Depois contemplou a parede, onde Cristo estava com sua túnica branca. Em seguida passou os olhos pelo outro quadro, que mostrava a imagem de Buda envolto na sua túnica laranja, pensativo, em meio a uma paisagem amarelada. Entre os dois quadros que guardavam sua cabeceira, Eva havia colocado um recorte de jornal com uma fotografia em que uma senhora de boina passeava de lancha. A legenda da fotografia dizia "Krúpskaya no Neva".

— Eu gosto dos russos — disse Eva, e depois bateu palmas para chamar os criados. Ninguém atendeu ao seu chamado. Olhamos uma para a outra sem surpresa. Eva batia palmas de um dos dias e as palmas não chegavam ao dia da cozinha.

— Vamos investigar — disse-me ela.

E pulou na minha cama para me olhar de perto. Os cabelos loiros cobriam sua testa. Da minha cama ela foi para o chão, pôs um dedo nos lábios e penetrou com cautela no dia que avançava paralelo ao outro. Eu a segui. Ninguém. O dia estava sozinho e era tão temível quanto o outro. As árvores paradas, o céu redondo, verde como um prado tenro, sem ninguém também, sem cavalo, sem cavaleiro, abandonado. Do poço vinha o calor de agosto, que provocara a fuga para a Cidade do México. Deitado ao lado de uma árvore estava Toni. Já tinham posto a coleira nele. Ele nos olhou atentamente e vimos que estava no nosso dia.

— Toni é bom — disse Eva, e acariciou sua boca aberta.

Então se deitou ao lado dele e eu me joguei do outro lado.

— Você já tomou café da manhã, Toni?

Toni não respondeu, apenas olhou para nós com tristeza. Eva se levantou e desapareceu entre as plantas. Voltou correndo e se deitou de novo ao lado de Toni.

— Eu já lhes disse que preparem comida para três cachorros e nenhuma pessoa.

Não perguntei nada. Junto a Toni, a casa tinha perdido peso. No chão do dia caminhavam duas formigas; uma minhoca se assomou por um buraquinho, toquei-a com a ponta de um dedo e ela se transformou num anel vermelho. Havia pedaços de folhas, pedaços de galhos, pedras minúsculas, e a terra negra cheirava a água de magnólia. O outro dia estava de um lado. Toni, Eva e eu olhamos sem medo para suas torres gigantescas e seus ventos fixos de cor arroxeada.

— Você, como você vai se chamar? Procure seu nome de cachorro, estou procurando o meu.

— Sou cachorro?

— Sim, somos cachorros.

Aceitei e me aproximei mais de Toni, que balançou a cabeça com desgosto. Lembrei-me de que ele não iria para o céu: eu sofreria o mesmo destino. "Os animais não vão para o céu." Nosso Senhor Jesus Cristo não havia determinado um lugar para os cães no céu. O senhor Buda também não tinha criado um lugar no Nirvana para cães. Em casa, era muito importante ser bom para ganhar o céu. Não podíamos poupar dinheiro nem matar animais; éramos vegetarianos e aos domingos jogávamos o domingo pela varanda, para que alguém pudesse pegá-lo e nós aprendêssemos a não guardar nada. Vivíamos um dia de cada vez. A gente da aldeia bisbilhotava pelas varandas da casa: "São espanhóis", diziam, e nos olhavam de soslaio. Não sabíamos que não éramos dali porque ali estávamos ganhando o céu, qualquer um dos dois: o branco e o azul ou o laranja e amarelo. Agora, em nenhum dos dois havia lugar para nós três. Os alquimistas, os gregos, os anarquistas, os românticos, os ocultistas, os franciscanos e os romanos ocupavam as prateleiras da biblioteca e as conversas da mesa. Os Evangelhos, os Vedas e os poetas tinham um lugar à parte. Para os cães não havia outro lugar senão o pé da árvore. E depois? Depois estaríamos estendidos em qualquer chão.

— Já encontrei meu nome.

— Já? — endireitou-se Eva, curiosa.

— Sim: Cristo.

Eva me olhou com inveja.

— Cristo? É um bom nome de cachorro.

Eva acomodou a cabeça sobre as patas dianteiras e fechou os olhos.

— Também encontrei o meu — disse, endireitando-me de repente.

— Qual?

— Buda!

— É um ótimo nome de cachorro.

E Buda se deitou ao lado de Toni e começou a rosnar de prazer.

Ninguém veio visitar o dia de Toni, de Cristo e de Buda. A casa estava longe, enfiada no seu outro dia. As badaladas do relógio da igreja não indicavam nada. O chão começou a ficar muito quente: as minhocas entraram nos seus buracos, os besouros procuraram os lugares úmidos sob as pedras, as formigas cortaram folhas de acácia, que lhes serviam de sombrinhas verdes. No lugar dos cachorros havia sede. Buda latiu com impaciência para pedir água, Toni o imitou e imediatamente Cristo se juntou aos latidos. Numa estradinha distante, os pés de Rutilio apareceram, enfiados em *huaraches*. Ele trazia três potes cheios de água. Indiferente, pôs um pote na frente de Toni, olhou para Cristo e Buda e pôs outro pote perto dos seus focinhos. Rutilio acariciou a cabeça dos cães e eles abanaram o rabo agradecidos. Foi difícil beber água com a língua. Mais tarde, o velho criado trouxe a comida numa panela e a serviu numa grande tigela. O arroz dos cães tinha ossos e carne. Cristo e Buda se olharam com espanto: os cães não são vegetarianos? Toni levantou o lábio superior, rosnou feroz com suas presas brancas e rapidamente pegou os pedaços de carne. Cristo e Buda puseram o focinho na panela e comeram o arroz empapado. Toni terminou e olhou sonolento para seus companheiros que estavam comendo a linguadas. Depois, também eles se deitaram sobre as patas dianteiras. O sol queimava, o chão queimava e a comida dos cães pesava como um saco de pedras. Adormeceram no dia deles, afastados do dia da casa. Foram acordados por fogos de artifício que vinham do outro dia. Seguiu-se um grande silêncio. Alertas, escutaram a outra tarde. Outro foguete explodiu e os três cachorros começaram a correr na direção do barulho. Toni não conseguiu avançar na corrida, pois a coleira o reteve junto à árvore. Cristo e Buda saltaram sobre os arbustos em direção ao portão.

— Para onde vocês estão indo, suas pirralhas desgraçadas? — gritou Rutilio do outro dia.

Os cães chegaram ao vestíbulo; foi difícil abrirem o portão, o ferrolho estava muito alto. Por fim, saíram para a rua iluminada pelo sol das quatro da tarde. A rua brilhava esplendorosa como uma imagem fixa. As pedras reluziam na poeira. Não havia ninguém. Ninguém, a não ser os dois homens banhados em sangue, abraçados na sua luta. Buda sentou-se no meio-fio e olhou para eles com olhos arregalados. Cristo se acomodou muito perto de Buda e também olhou para eles com espanto. Os homens reclamavam no outro dia: "Você vai ver!"... "Ai! Filho da puta!"... Suas vozes abafadas vinham de muito longe. Um deles deteve a mão do que portava a arma e com a mão livre lhe tatuou o peito com sua faca. Estava abraçado ao corpo do outro e, como se as forças não o alcançassem, escorregava para o chão no abraço. O homem da pistola aguentava firme, de pé na tarde esplendorosa. Sua camisa e calça brancas estavam cheias de sangue. Com um movimento, libertou a mão presa e pôs a pistola no meio da testa do seu inimigo ajoelhado. Um ruído seco partiu em dois a outra tarde, e abriu um buraco na testa do homem ajoelhado. O homem caiu de costas e olhou fixo para o céu.

— Seu puto! — exclamou o homem de pé sobre as pedras, enquanto suas pernas continuavam a jorrar sangue. Então ele também levantou os olhos para olhar para o mesmo céu, e depois de um tempo os voltou para os cães, que a dois metros de distância, sentados na beira da calçada, estavam olhando para ele boquiabertos.

Tudo ficou quieto. A outra tarde se tornou tão alta que, lá embaixo, a rua ficou fora dela. Ao longe, apareceram vários homens com fuzis. Vinham como todos os homens, de branco, com os chapéus-panamá na cabeça. Caminhavam devagar. O golpe de seus *huaraches* ressoava de muito longe. Não havia árvores na rua para abafar o som dos passos; apenas muros brancos, contra os quais os passos retumbavam cada vez mais próximos, como rufar de tambores em dia de festa. O barulho parou de repente, quando chegaram ao lado do homem ferido.

— Você o matou?

— Eu mesmo, perguntem às meninas.

Os homens olharam para os cachorros.

— Vocês viram?

— Au! Au! — respondeu Buda.

— Au! Au! — respondeu Cristo.

— Então o levem.

Levaram o homem embora e não houve mais vestígios dele além do sangue nas pedras da rua. Ia escrevendo seu final, os cães leram seu destino de sangue e se viraram para olhar o morto.

Algum tempo se passou, o portão da casa continuava aberto, e os cachorros absortos, sentados na beira da calçada, ainda olhavam para o morto. Uma mosca se aproximou da ferida na sua testa, então limpou as patas e foi até seus cabelos. Depois de um momento, voltou para a testa, olhou para a ferida e limpou as patas de novo. Quando a mosca voltou ao ferimento, uma mulher veio e se jogou sobre o morto. Mas ele não se importou com a mosca ou com a mulher. Impávido, continuou a olhar para o céu. Outras pessoas vieram e se inclinaram para fitar seus olhos. Começou a escurecer e Buda e Cristo ainda estavam ali, sem se mover nem ladrar. Pareciam dois vira-latas e ninguém cuidava deles.

— Eva! Leli!— gritaram lá de cima. Os cães se sobressaltaram.

— Vocês vão ver quando seus pais chegarem! Vocês vão ver!

Rutilio os trouxe para dentro de casa. Dispôs uma cadeira no corredor, bem perto da parede, e sentou-se solenemente observando os cachorros, que, deitados aos seus pés, o olhavam com atenção. Candelaria trouxe um lampião aceso e, pavoneando-se, voltou à cozinha. Logo os cantos inundaram a casa de tristeza.

— A culpa é de vocês que eu não possa ir cantar...! Suas pestinhas! — reclamou Rutilio.

Cristo e Buda ouviram isso do outro dia. Rutilio, sua cadeira, o lampião e o morto estavam no dia paralelo, separados do outro por uma linha invisível.

— Vocês vão ver, as bruxas virão sugar seu sangue. Dizem que gostam muito do sangue dos "lôros". Vou dizer a Candelaria para deixar as cinzas queimando, para que elas possam aquecer as canelas. Do braseiro elas vão para a cama de vocês se deleitar. Vocês merecem, pois são safadas!

O fogão com as cinzas em brasa, Candelaria, Rutilio, os cantos e as bruxas passavam diante dos olhos dos cães como figuras projetadas num tempo alheio. As palavras de Rutilio circulavam pelo corredor dos fundos da casa e não os tocavam. No chão do dia dos cachorros, havia tatus-bola que iam dormir. O sono dos tatus-bola era contagioso, e Cristo e Buda, enrodilhados nas patas dianteiras, cabecearam.

— Venham jantar!

Sentaram-nos no chão da cozinha, no círculo de criados que bebiam álcool, e receberam um prato de feijão com salsicha. Os cães estavam caindo de sono. Anteontem ainda comiam aveia com leite no jantar, e o gosto da salsicha os deixou enjoados.

— Leve-as para a cama, parecem bêbadas!

Puseram-nos na mesma cama, apagaram o lampião e foram embora. Os cães adormeceram no outro dia, ao pé da árvore, com a coleira no pescoço, perto das formigas de sombrinha verde e das minhocas vermelhas. Depois de um tempo, acordaram sobressaltados. O dia paralelo estava ali, sentado no meio do quarto. As paredes respiravam cinzas ardentes, através das frestas as bruxas espiavam as veias azuis das suas têmporas. Estava tudo muito escuro. Numa das camas jazia o morto com a testa aberta; ao seu lado, de pé, o tatuado jorrava sangue. Bem longe, nos fundos do jardim, dormiam os criados; a Cidade do México, com seus pais e irmãos, sabe-se lá onde estava. Por outro lado, o outro dia estava lá, bem perto delas, sem um latido, com seus mortos fixos, na tarde fixa, com a enorme mosca se aproximando da enorme ferida e limpando as patas. No sonho, sem perceber, fomos de um dia para o outro e perdemos o dia em que fomos cachorros.

— Não se assuste, somos cachorros...

Mas Eva sabia que isso não era mais verdade. Tínhamos descoberto que o céu dos homens não era o mesmo que o céu dos cães.

Os cães não compartilhavam o crime conosco.

A SEMANA DAS CORES

Antes da Guerra de Troia

Elena Garro

Antes da Guerra de Troia

Antes da Guerra de Troia, os dias se tocavam com as pontas dos dedos e eu os percorria com facilidade. O céu era tangível. Nada escapava da minha mão e eu fazia parte deste mundo. Eva e eu éramos uma só.

— Estou com fome — dizia Eva.

E nós duas comíamos o mesmo purê, dormíamos na mesma hora e tínhamos um sono idêntico. À noite, eu ouvia o vento descendo do Cañón de la Mano. Abria passagem pelos cumes de pedra da serra, soprava quente sobre as cristas das iguanas, descia até o povoado, assustava os coiotes, entrava nos currais, queimava as flores vermelhas dos jacarandás e partia os papaias no jardim.

— Está andando nos telhados.

A voz de Eva era a minha. Ouvíamos o vento mover as telhas. Os escorpiões caíam das vigas e as lagartixas translúcidas quebravam as patinhas rosadas ao se chocarem nas lajotas do chão do meu quarto. Protegida pelo mosquiteiro, eu tocava o coração de Eva que corria no meu pelas planícies, fugindo do vapor que soprava do Cañón de la Mano. O vento não nos queimava.

— Tiveram medo ontem à noite?

— Não. Gostamos do vento.

Depois, a casa estava em desordem. Com as tranças desfeitas, Candelaria nos servia a aveia.

— Vento perverso, temos de amarrar seus cabelos a uma pedra para que nos deixe silêncios!

— É a cólera quente das loucas — acrescentava Rutilio.

— É por isso que eu digo que é preciso cravar os cabelos dele nas rochas e depois uivar.

A cólera de Candelaria era grande. Nós nos movíamos intactas na sua voz, e no jardim observávamos as flores caídas.

— Foi antes da Leli nascer… — dizia minha mãe, às vezes.

Essas palavras eram a única coisa terrível que me acontecia antes da Guerra de Troia. Toda vez que se falava "antes da Leli nascer", o vento, os heliotrópios e as palavras se afastavam de mim. Eu entrava num mundo sem formas, onde só havia vapores e onde eu mesma era um vapor disforme. O menor gesto de Eva me devolvia ao centro das coisas, arrumava a casa desfeita, e as figuras borradas dos meus pais recuperavam seu enigma impenetrável.

— Vamos ver o que a senhora está fazendo…

A senhora se chamava Elisa e era minha mãe. À tarde, Elisa se escondia no quarto, ia até a penteadeira e fechava as portas do espelho. Só voltava a abri-los à noite, quando passava pó no rosto. Deitada na cama, sua trança loira dividia suas costas.

— Quem está aí?

— Ninguém.

— Como ninguém?

— É Leli — respondia Eva.

Elisa escondia algo e depois se endireitava na cama. Através do mosquiteiro, seu rosto e seu corpo pareciam uma fotografia.

— Saiam do meu quarto!

Voltávamos ao corredor, andando para lá e para cá, para cá e para lá, de lajota em lajota, sem pisar nas linhas e repetindo: fonte, fonte, ou qualquer outra palavra, até que de tanto repeti-la só se tornava um barulho que não significava fonte.

Naquele momento mudávamos de palavras, assombradas, procurando outra palavra que não se desmanchasse. Quando Elisa nos expulsava do seu quarto, repetíamos seu nome sobre cada lajota e perguntávamos "por que se chama Elisa?", e a razão secreta dos nomes nos deixava atônitas. E Antonio? Era muito misterioso que seu marido se chamasse Antonio. Elisa-Antonio, Antonio-Elisa, Elisa-Antonio, Antonio, Elisa, e os dois nomes repetidos se tornavam um só e depois nada. Perplexas, sentávamos no meio da tarde. O céu alaranjado corria sobre as copas das árvores, as nuvens baixavam até a água da fonte e do tanque onde Estefanía lavava os lençóis e as camisas do patrão. Antonio tinha faíscas verdes e amarelas nos olhos. Se olhássemos para elas de perto, era como se estivéssemos dentro de um arvoredo no jardim.

— Veja, Antonio, estou dentro dos seus olhos!

— Sim, é por isso que eu te desenhei do meu jeito — respondia aos domingos, quando cortava nossa franja.

Antonio era meu pai e não nos mandava para o cabeleireiro porque "a nuca das meninas é delicada e o cabeleireiro é capaz de barbeá-las com uma navalha". Era uma lástima não ir ao cabeleireiro. Adrián rodopiava entre seus frascos coloridos, afiando navalhas e batendo tesouras no ar. Falava como se recortasse as palavras e um perfume violento o seguia.

— Ah, as loirinhas me querem bem, mas o pai delas não paga cabeleireiro.

Sentadas na tarde redonda, recordávamos as visitas a Adrián e as visitas a Mendiola, aquele que vendia "beijos"[4] embrulhados em papeizinhos amarelos.

— Aqui está o casalzinho de canários!

Mendiola nos punha um "beijo" em cada mão. Nós duas éramos visitantes. Quando íamos ao cinema, víamos os dois amigos de longe. Não podíamos falar com eles nem com dom Amparo, aquele que vendia velas, porque estávamos no meio de Elisa e Antonio, que só cumprimentavam com

---

4 BEIJO: é um biscoito típico mexicano feito com farinha de trigo, gema de ovos, manteiga, açúcar e uma colher de sopa de fermento em pó. (N. T.)

uma inclinação de cabeça. Gostavam do silêncio e quando falávamos diziam:

— Leiam, busquem as virtudes!

Olhando para os deuses desenhados nos livros, encontrávamos as virtudes. Os deuses gregos eram os mais bonitos. Apolo era feito de ouro e Afrodite, de prata. Na Índia, os deuses tinham muitos braços e mãos.

— Devem ser muito bons ladrões.

"Que sua mão direita ignore o que sua mão esquerda está fazendo." Roubávamos a fruta com a mão esquerda. E os deuses da Índia? Eles tinham mão esquerda, mão direita, mão para cima, mão para baixo, mão simpática, mão antipática e mão do meio. Era impossível determinar qual era a mão que não sabia o que as outras mãos estavam fazendo.

— Ah, se fôssemos como eles roubaríamos tudo: parafusos, doces, bandeirinhas, e tudo ao mesmo tempo!

Os demais deuses eram como nós duas. Até Nosso Senhor Jesus Cristo tinha apenas duas mãos pregadas na cruz. Huitzilopochtli era um vultinho escuro, com mãos e sem braços, mas tínhamos muito medo dele e preferíamos não fitá-lo, imóvel numa das prateleiras de livros.

— Como seria uma cruz para pregar Kali?

— Como um moinho.

— Estou falando uma cruz, não um moinho.

— Uma cruz?... Igual a uma cruz.

— Uma mão teria que ficar presa em cima da outra e da outra com um prego tão longo quanto uma espada.

— E a mão do meio?

— Deixamos solta como um rabo, para espantar as moscas.

— Não pode. Também deve ser pregada.

— Do lado esquerdo ou direito?

— Vamos perguntar a Elisa.

— O que vocês querem?— perguntou Elisa com sua voz de fotografia.

— Nada.

— Então saiam do meu quarto! — E escondeu algo de novo.

Saímos para o corredor com o constrangimento de saber que Elisa estava escondendo algo na sua cama. Contornamos as lajotas repetindo o nome dela e, quando só nos restou o ruído, voltamos para o quarto dela.

— O que vocês querem?

— Seu marido está te chamando... Está no galinheiro.

O galinheiro não era lugar para Antonio, e Elisa nos olhou curiosa. Mas o galinheiro ficava no fundo dos currais e Elisa demoraria para ir e voltar para a cama. Ela saiu. Sua cama estava quente, e um vapor de água-de-colônia recendia dos travesseiros. Procuramos o que ela escondia.

— Olhe!

Eva me mostrou um saco de beijos e frutas cristalizadas. Pegamos dois beijos e os comemos.

— Olhe!

Uma folha seca marcava as páginas do livro que Elisa guardava debaixo do travesseiro.

— Vamos embora!

Saímos às pressas, sem os doces e com o livro. Procuramos um lugar seguro para folheá-lo. Todos os lugares eram perigosos. Olhamos para as copas das árvores e escolhemos a mais verde, a mais alta. Sentadas a cavalo num dos galhos, lemos: a *Ilíada*. Assim começou a infeliz Guerra de Troia.

"Canta, ó Musa, a ira do pélida Aquiles!"

A cólera de Elisa durou muitas semanas. Nós, ensurdecidas pelo barulho das batalhas, mal tivemos tempo de ouvi-la.

Onde se escondem o dia todo?

— Hum...! Sabe-se lá...

Lá em cima, entre as folhas, nos esperavam Nestor, Ulisses, Aquiles, Agamenon, Heitor, Andrômaco, Páris e Helena. Sem nos dar conta, os dias começaram a se separar uns dos outros. Depois, os dias se separaram das noites; então o vento partiu do Cañón de la Mano, e soprou estrangeiro sobre as árvores, o céu se afastou do jardim, e nos encontramos num mundo dividido e perigoso.

— Não permita que os cachorros devorem meu cadáver

— dizia Heitor no chão, erguendo o braço para apoiar sua súplica. Aquiles, de pé, com a cabeça apoiada na garganta do homem caído, olhava-o com desdém.

— Pobre Heitor!

— Estou com Aquiles — contestou Eva, de repente desconhecida.

E cravou os olhos em mim. Antes, nunca tinha feito isso. Olhei para ela. Eu estava sentada a cavalo no galho da árvore, como outra pessoa que não fosse eu mesma. Fiquei surpresa com seus cabelos, sua voz e seus olhos. Era outra. Senti vertigem. A árvore se afastou de mim e o chão estava muito abaixo. Ela também desconheceu minha voz, meu cabelo e meus olhos. E também teve vertigem. Descemos nos agarrando ao tronco, com medo de que ele desaparecesse.

— Estou com Heitor — repeti já no chão, sentindo que não pisava mais na terra. Olhei para a casa, e seus telhados tortos não me reconheceram. Fui para a cozinha com a certeza de encontrá-la como antes, igual a mim, mas a porta de tábuas me deixou entrar com hostilidade. As empregadas tinham mudado. Seus olhos brilhavam afastados dos cabelos. Cortavam as cebolas com gestos que me pareceram ferozes. O barulho da faca estava separado do cheiro da cebola.

— Estou com Aquiles — repetiu Eva, abraçando as saias cor-de-rosa de Estefanía.

— Estou com Heitor — disse com firmeza, abraçando as saias lilás de Candelaria.

E com Heitor comecei a conhecer o mundo sozinha. O mundo sozinha era unicamente formado de sensações. Separei-me dos meus passos e ouvi-os retumbar solitários no corredor. Meu peito doía. O cheiro de baunilha não era mais baunilha, e sim vibrações. O vento do Cañón de la Mano se afastou da voz de Candelaria. Eu não tocava em nada, estava fora do mundo. Procurei meu pai e minha mãe porque me apavorou a ideia de ficar sozinha. A casa também estava sozinha e retumbava como as pedras que atiramos numa planície solitária. Meus pais não sabiam e as palavras foram inúteis, pois também elas tinham sido esvaziadas do seu conteúdo. Ao entardecer, separada da tarde, entrei na cozinha.

— Candelaria, você me ama muito?

— Quem é que ia amar uma lôrinha ruim dessas!

Candelaria começou a rir. Sua risada soou em outro instante. A noite desceu como um sino preto. Acima dela estava a Glória e eu não conseguia vê-la. Heitor e Aquiles passeavam no Reino das Sombras e Eva e eu os seguíamos, pisando em buracos negros.

— Leli, você me ama?

— Sim, eu te amo muito.

Agora nos amávamos. Era muito raro amar alguém, amar todo mundo: Elisa, Candelaria, Rutilio. Nós os amávamos porque não podíamos tocá-los.

Eva e eu olhávamos para as mãos uma da outra, os pés, os cabelos, tão fechados neles mesmos, tão longe de nós. Era incrível que minha mão fosse eu, ela se movia como se fosse ela mesma. E também amávamos nossas mãos como se fossem outras pessoas, tão estranhas quanto nós ou tão irreais quanto as árvores, os pátios, a cozinha. Perdíamos corpo e o mundo tinha perdido corpo. É por isso que nos amávamos, com o amor desesperado dos fantasmas. E não havia solução. Antes da Guerra de Troia éramos duas em uma, não amávamos, apenas estávamos, sem saber para onde ir. Heitor e Aquiles não nos fizeram companhia. Só nos deixaram sozinhas, rondando, rondando-nos, sem nos tocar nem tocar mais nada. Também eles giravam no Reino das Sombras, incapazes de se acostumar com sua condição de almas penadas. De noite, eu ouvia Heitor arrastando suas armas. Eva escutava os passos de Aquiles e o som metálico do seu escudo.

— Estou com Heitor — afirmava de manhã no meio das paredes evanescentes do meu quarto.

— Eu, com Aquiles — dizia a voz de Eva muito longe da sua língua. As duas vozes estavam muito longe dos corpos, sentados na mesma cama.

A SEMANA DAS CORES

O roubo
de Tiztla

Elena Garro

O roubo de Tiztla

Tiztla é uma pequena cidade localizada no sul da República do México. Seus habitantes são silenciosos e pequenos. Suas noites são profundas e quando o sol se põe o homem tem medo. Os meses de verão são tão quentes e secos como o coração de uma pedra posta ao sol. As pessoas vivem sonolentas e exaltadas. O fogo corre por debaixo da terra e os jardins fervem com o canto das cigarras e dos grilos. Um contínuo "au!", "ae!", "au!" incendeia a imaginação. Os campos se enchem de demônios, que de vez em quando invadem a cidade para entrar nos olhos dos homens. As pessoas dormem alertas nas suas redes. O rumor incessante os embala para dormir, enquanto o mal, na forma de vermes e facas, os espia. Dormem ouvindo muitas coisas que o povo da capital nunca ouviu. Junto a eles sempre repousa seu facão.

Quando o roubo aconteceu, era verão e as mulheres viam na luz resplandecente algo que os homens não viam. Por isso, na manhã seguinte ao roubo, as autoridades se enfureceram com as criadas e esqueceram os homens da casa.

— Essas mulheres sabem! — insistia o delegado.

— Claro que sabem! — respondiam seus assistentes.

— Apenas me diga o que você viu.

E o delegado olhou para Fili com olhos vidrados, como

se quisesse arrancar das pupilas da mulher alguma imagem oculta. Fili baixou as pálpebras, receosa.

— Olhe, senhor, eu vi cinquenta homens...

— Cinquenta homens!

— Sim, senhor, cinquenta homens brancos, com olhos de fogo, que andavam muito devagarinho no jardim. Cada um carregava uma tocha na mão e... estavam dançando...

— Dançando? Tome nota, companheiro! Cinquenta homens brancos, dançando no jardim, com tochas na mão.

O companheiro tomou nota rápido.

— E depois da dança, o que fizeram? — perguntou o delegado com severidade.

— Depois da dança...? Bem, nada, eles continuaram dançando e dançando a noite toda...

— Tome nota, companheiro, que os cinquenta homens continuaram a dança.

O delegado pareceu perplexo. Ele insistiu em olhar para Fili com os olhos vidrados, e ela baixou a cabeça, semicerrou as pálpebras e arrumou as tranças sobre o peito. O homem olhou em volta e fez uma espécie de careta, que era para ser um sorriso, para a senhora e suas filhas, as quais escutavam o interrogatório com ar distraído, como se não estivessem minimamente interessadas. Agora era a vez de Carmen, a cozinheira.

— Oh, senhor, eu vi muitos homens, muitos homens!

— Quantos eram? — perguntou o policial.

— Consegui contar trinta e sete.

— Eram só trinta e sete? — exclamou o policial, decepcionado.

— É que não sei contar mais. Até trinta e sete eu aprendi... mas havia muitos mais. Cada um tinha um facão na mão... e que facão, senhor, reverberava! Brilhava na noite como fogo branco. E andavam todos agachados, agachados...

— Tome nota, companheiro: mais de trinta e sete homens agachados, com facões reluzentes nas mãos.

O companheiro tomou nota, nervoso.

— E o que mais você viu? — repetiu o policial com voz severa.

Carmen o encarou, indecisa.

— Bem, eu vi... como as plantas também se agachavam à sua passagem e eles as rodeavam, rodeavam...

— Você já tomou nota do que a depoente diz?

— Sim, senhor, as plantas se agachavam à passagem dos malfeitores que as rodeavam — disse o assistente com voz confiante.

— Você tem algo a acrescentar à sua declaração?

— Eu, nada. Foi tudo que vi, senhor.

E Carmen deu um passo para trás, olhando de soslaio para Fili, que ouvira suas palavras com muita atenção.

— Vamos ver, você! O que viu?

Candelaria, a lavadeira, com as mãos rosadas pelo sabão e a água, avançou e se preparou para falar a sério.

— Veja, senhor, eu sou bem dorminhoca e estava perdida nos meus sonhos, quando a Carmen aqui me lembrou: "Quem sabe quem anda no jardim?", ela me disse. "Pare de bobagem!", respondi e me virei para o outro lado. "Sim, quem sabe quem andará no jardim", disse Fili, que não parava de tremer. Então o sono foi embora e eu olhei pela janela, e vi o que elas viram.

— Especifique o que você viu.

— Bem, já especifiquei, vi o que elas viram — respondeu Candelaria, irritada com a brusquidão do homem.

— Mas o que elas viram?

— Por que eu vou repetir? Tenho muito que fazer e não posso perder meu tempo com palavras. Sempre disse que palavrear é inútil. Você fala e fala, e o sol nasce e se põe, e a lua vem, e o trabalho parado...

— É verdade, só que essa é uma circunstância extraordinária. Por favor, conte o que viu ou será presa por encobrir o fato — disse o policial, lançando um olhar atento para a senhora. Seu olhar ficou sem resposta, pois a senhora estava ocupada olhando para as tulipas caídas no chão.

— Dizem que, quanto mais sobem, mais ganham sem fazer nada — respondeu Candelaria, irritada.

— Não retruque, conte o que viu!

— Bem, não vi muita coisa; um grupinho de homens emparelhados com suas facas...

— Tome nota: enquanto a depoente dormia, um grupinho de homens armados com facas tomou posse do jardim...

— Isso é tudo? — perguntou Candelaria, preparando-se para ir embora.

— Para onde esses homens estavam dirigindo seus passos?

— Isso só Deus sabe... Lá estavam eles, suas intenções, quem sabe...

— A depoente desconhece as intenções dos intrusos — ditou ao policial. Depois, sorridente, virou-se para a senhora.

— E a senhora, vai me fazer o favor de contar o que ouviu, o que viu etc.?

A dona da casa arregalou os olhos e permaneceu pensativa por alguns minutos. O coro de curiosos guardou silêncio.

— Ouvi o cachorro latindo com muita fúria. Peguei uma cadeira, subi nela e olhei pela janela da porta que dá acesso ao corredor, e então vi alguns homens nos fundos do jardim. Alguns tinham uma tocha nas mãos... outros um facão... outros eu acho que nada...

— Tome nota, companheirinho! Tome nota do aparecimento repentino do cão!

— Não foi repentino, já estava latindo fazia meia hora — corrigiu a senhora.

— Repentino nas declarações. É a primeira vez que ele irrompe nesse depoimento — respondeu educadamente o policial.

Os curiosos se entreolharam e fizeram sinais de admiração pela sagacidade da autoridade. Esta se virou para a senhora.

— E quantos homens eram?

— Bem, eu não os contei. Mas quantos poderiam ser? Uns catorze?... Uns trinta e dois? Não. Talvez uns sete... Não sei, eles se movimentavam muito, sabe?...

— Entre sete e trinta e dois malfeitores— ditou o delegado.

— Não sei dizer o número exato, mas havia entre sete e trinta e dois — repetiu distraidamente a senhora.

— Vamos agora fazer uma inspeção ocular — disse o policial com voz pomposa.

A autoridade — seguida pela senhora, pelas crianças, pelos criados e pelos curiosos que haviam entrado na casa — foi para os fundos do jardim. As árvores apresentavam vestígios profundos de facões; as bananas estavam por terra; as tulipas, destroçadas a facadas; as samambaias, como cabeleiras esparramadas no chão, secavam lentamente ao sol. Os malfeitores odiavam as plantas. Era como se tivessem entrado na casa para destruir a vegetação do jardim.

— Tome nota, companheiro!

O companheiro tomava nota, enquanto os gendarmes e camponeses, que haviam entrado na casa, olhavam indiferentes para a destruição.

— Vamos ao galpão — disse a senhora.

A senhora levou o grupo para um aposento contíguo ao muro, que separava o jardim da rua. O galpão era um cômodo de enormes proporções, com um teto baixo e um piso de lajotas. Não tinha janelas; uma pequena porta, pintada com permanganato, dava acesso àquele lugar inóspito. Fazia apenas três anos que dom Antonio, o dono da casa, havia mandado construí-lo. Ninguém sabia o propósito daquela construção. A cal nas paredes, manchadas de umidade, a proporção gigantesca do aposento e a ausência de luz davam-lhe uma aparência misteriosa e vazia. As palavras soavam ocas ali dentro, e um silêncio frio e viscoso se colava ao nariz.

A autoridade e seus acompanhantes entraram em silêncio. Alguma coisa, ali dentro, cortava a respiração. E era justamente para lá que os malfeitores tinham dirigido seus passos. As paredes estavam cheias de buracos, as lajotas levantadas aqui e ali e algumas sacas de milho, destroçadas com facões, tinham esparramado os grãos, que brilhavam quentes e dourados na umidade. A confusão de tijolos e milho pisoteado impôs silêncio. O policial ficou perplexo.

— Tome nota dessa vileza, companheiro — disse ele para se dar tempo de pensar e proferir algo mais apropriado.

Suas palavras deram o sinal para que todos quisessem falar ao mesmo tempo.

— Jesus Santíssimo!

— Louvado seja Deus!

— O Senhor nos ajude!

— Aqui estava o inimigo!

— Esses perversos vieram em nome do Diabo!

— Sim, eles ficaram aqui a noite toda — disse Candelaria.

— Ai! Foram embora quando o dia já estava raiando... — acrescentou Carmen.

— O mais curioso é que não levaram nada — explicou a senhora ao policial, que a escutava atônito. Os demais se dispuseram a ouvir a história que já sabiam de cor, porque desde as sete da manhã em Tiztla não se falava de outra coisa.

— Antes de dormir, verifiquei a casa toda. O senhor sabe que meu marido está na Cidade do México faz três dias. Quando acordei, imaginei que algo estava acontecendo... e eu estava com medo. Depois que vi os homens através das aberturas, acordei as crianças e disse para elas ficarem quietas, pois poderiam entrar nos quartos e nos matar se descobrissem que estávamos espionando-os. As crianças foram muito corajosas, principalmente essa menina. Imagine que ela queria que eu a subisse na cadeira para ver o que estava acontecendo!

A senhora estendeu a mão e pousou-a na cabeça de Eva. A menina corou e baixou a vista diante do olhar de admiração do policial.

— Me permite, senhora, interrogar a criança também? É pura formalidade.

— Claro, pergunte a ela o que quiser!— concordou a senhora.

— Vamos ver, Evita, o que você viu no jardim?

A menina ficou muda.

— O que você viu, querida? Não vai acontecer nada com você — insistiu o homem ao se deparar com os olhos obstinados da menina.

— Bem, eu vi alguns homens que estavam queimando

o jardim. Eram muitos, muitos, muitos. Acho que eles estavam contentes... E eu vi também — a menina Evita se calou abruptamente. O policial esperou, inclinado sobre ela, mas a menina escondeu o rosto.

— O que mais você viu, querida? — disse ele, solícito.

A menina mordeu a boca e olhou para o chão, com teimosia.

— Diga o que mais você viu! — ordenou a mãe.

— Nada — respondeu Eva.

— Diga o que viu, linda — insistiu o homem, adoçando a voz.

— Nada! — respondeu a menina com firmeza.

— Vai dizer o que viu? — gritou-lhe a mãe, sacudindo-a.

— Não! — disse a menina.

— Não a assuste, senhora, se ela estiver assustada nunca vai falar. O que você viu, querida? — perguntou novamente o policial, com uma voz melada em que Evita distinguiu mais raiva que afeto.

— Diga-me, o que você viu, o que esses olhinhos viram?

A menina olhou para ele com rancor.

— Não a assustem, deixem a menina falar — gritou um dos curiosos.

— Fale, o que você viu? — chorou indignada a mãe, que se sentiu devorada pela curiosidade.

— Nada!

— Alguma coisa ela viu! Alguma coisa ela viu! Mas não vai falar, está com medo — disseram os vizinhos.

— Sim, alguma coisa ela viu — assentiu o policial, olhando para a menina sem esperança.

Se a menina viu alguma coisa, nunca se soube. Ela insistiu em ficar em silêncio e foi inútil que os demais prestassem atenção nos seus lábios. Exasperados com a atitude, eles também optaram por se calar e caminharam em silêncio em direção ao muro no qual os criminosos haviam feito um buraco para entrar. O muro era muito alto e grosso; os assaltantes fizeram um buraco bem próximo ao chão. O policial entrou por ele e saiu para a rua com facilidade. Atônito, voltou para o interior da casa.

— Então eles entraram por aqui — disse, pensativo.

— Sim, senhor, por aí — disse a menina calmamente.

— E como você sabe, lindinha? — perguntou o homem, com ódio.

A menina Evita se calou novamente. O policial virou as costas para ela. Queria simular indiferença. Irritado com o olhar da menina, tentou reconstituir os fatos.

— Primeiro fizeram um buraco no muro; então entraram e foram para o galpão, lá arrombaram a porta, destruíram as sacas de milho, o chão e as paredes; depois saíram para o jardim para causar mais danos, despedaçaram as plantas com facões. Isso é tudo, senhora?

— Sim, senhor. O curioso é que não roubaram nada — insistiu mais uma vez a dona da casa.

— É um roubo sem roubo. Muito estranho, senhora.

— Muito estranho. Olhe, eles nem levaram as roupas que estavam estendidas.

Naquela parte do jardim penduravam as roupas; na noite anterior, Candelaria a deixara estendida, e lá estavam todas as roupas, brancas e frescas.

— Intactas! Nem sequer levaram os lençóis. Você viu, companheiro?

O escrivão assentiu.

— Bem, tome nota, companheiro! Não espere que eu dite tudo para você. Essa gente é torpe — acrescentou, dirigindo--se à senhora. A "gente" baixou a cabeça.

O policial pareceu satisfeito com a observação e se aproximou da senhora.

— A senhora me permite um aparte?

A senhora olhou para ele com espanto e, sem saber o que ele queria dela, aceitou com um aceno de cabeça. Os dois se retiraram para um lugar distante. O policial se inclinou, em tom de confidência.

— Diga-me suas suspeitas, senhora.

— Minhas suspeitas…? Não tenho suspeitas — respondeu ela, surpresa.

110

— A senhora tem plena confiança nos seus criados?

— Claro! Eu os conheço há anos. Como o senhor ousa insinuar que há bandidos na minha casa?

O policial pediu desculpas. Durante toda a manhã, continuou suas diligências na casa de dom Antonio. A verdade é que não conseguia encontrar nem pé nem cabeça para o roubo que não era roubo. Para não ser visto como mau funcionário, interrogou os moradores da casa repetidas vezes. De vez em quando, lançava olhares rancorosos para Evita, que impávida o via ir e vir, cada vez mais preocupado.

— Essa pirralha sabe de tudo — disse baixinho para o escrivão.

Depois, de mau humor por seu fracasso, chamou o vigia Rutilio, o qual confessou humildemente que, quando ouviu os primeiros barulhos, em vez de fazer rondas pelos quintais e pelo jardim, entrou na carvoaria e lá esperou o amanhecer. O homem não tinha visto nada. As criadas repetiram a mesma versão.

— Todos vocês já prestaram declaração? — perguntou o delegado.

— Todos, menos a pobre da Lorenza, que ficou tão assustada que perdeu a fala — respondeu a senhora.

— Perdeu a fala? — sobressaltou-se o policial.

— Sim, senhor — disseram os criados, os curiosos e a senhora.

O policial, seguido por toda a comitiva, foi até o quarto da empregada. Abriu a porta com cuidado e entrou. Lorenza, deitada na sua cama de bambus, com o vestido rosa encharcado de suor, olhou para eles com os olhos arregalados de medo. Às perguntas do delegado de Tiztla ela respondeu com olhares e gemidos perdidos, enquanto gotas grossas de suor caíam da sua testa. O policial parecia consternado. Quando a torre da igreja deu as doze badaladas do meio-dia, o delegado interrompeu o interrogatório, e ele e os curiosos se retiraram para comer. Já tinham visto e ouvido tudo. A única conclusão plausível era que esses estranhos visitantes eram inimigos de dom Antonio. E o que fazem os inimigos senão o mal? Durante vários dias em Tiztla só se falou dos "inimigos". À medida que as línguas os poliram, eles se transformaram em inimigos cada vez mais suspeitos e estranhos, até que um dia assumiram a forma de demônios. É claro! É por isso que a menina Evita nunca quis dizer o que viu e Lorenza perdeu a fala.

O delegado redigiu um relatório no qual explicou em detalhes a visita noturna feita pelos demônios à casa de dom Antonio Ibáñez. A ata contava todas as formas extravagantes que os demônios adotaram naquela noite memorável, como destruíram um pavilhão e um jardim, e a "ronda de fogo do inferno" que fizeram. A criada Lorenza Varela perdeu a fala por causa do que presenciou naquela noite, o que prova que foi algo de outro mundo, já que nunca foi possível saber o que a deixou muda.

O mistério ficou encerrado na mudez de Lorenza e no silêncio de Evita. Hoje, muitos anos depois, Evita, que sou eu, decide contar a verdade sobre o roubo de Tiztla.

O jardim era o lugar onde eu gostava de viver. Talvez porque esse tenha sido o brinquedo que meus pais me deram e havia de tudo ali: rios, aldeias, selvas, animais ferozes e aventuras sem fim. Meus pais estavam muito ocupados consigo mesmos e nos puseram no jardim e nos deixaram crescer como plantas. E meus irmãos e eu fomos crescendo como plantas. Por um tempo, meu pai se dedicou a fazer reformas na casa: elevou a altura dos muros e construiu o galpão. A casa ficou cheia de pedreiros, cal e cimento fresco. Minha mãe achava essas despesas inúteis. Então meu pai comprou algumas cargas de milho, para usar o galpão inútil que ele havia construído. Lembro-me claramente da tarde em que os tropeiros chegaram e de como meu pai, cheio de alegria, dirigia as manobras que se realizaram rapidamente. As seis sacas de grãos ficaram encostadas na parede dos fundos do galpão. Então saímos todos de lá, e meu pai, com muita solenidade, passou um cadeado na aldraba da porta, fechou-o e enfiou a chave no bolso. Tudo permaneceu igual e quieto por muito tempo.

Naqueles dias, passava-se muito tempo entre um 16 de setembro e outro 16 de setembro. Fui brincando em cada árvore, em cada canteiro, em cada desnível de terreno, até chegar perto da porta do galpão. Sua visão me perturbava, e eu tentei em vão abri-la muitas vezes. Ficava triste ao ver a velocidade com que estava envelhecendo, talvez por tristeza porque ninguém ia abri-la. Aquela porta abandonada me deixava triste, e uma vez pedi ao meu pai a chave para abri-la. Mas ele a perdera e a porta permanecia fechada, inútil e melancólica.

Eu era muito amiga das criadas da minha casa. Gostava das suas tranças pretas, dos seus vestidos de cor violeta, dos seus adornos brilhantes e das coisas que sabiam. Lorenza, a mais jovem, me confidenciava segredos com a condição de que eu lhe confidenciasse outros de igual importância. Só que era difícil deslumbrá-la. Lorenza tinha uma vantagem sobre mim: era filha de uma bruxa e seu conhecimento do mistério era muito vasto. Diante da sabedoria da sua mãe, não encontrei nada além de confrontá-la com os tesouros do meu pai. Expliquei que os vasos chineses valiam mais que um navio, embora nem ela nem eu soubéssemos o que era um navio, nem nunca tínhamos visto um. Mas o imaginávamos como uma torre gigantesca, que girava e brilhava luzes radiantes no meio de uma água muito mais clara e azul que a água da fonte da casa. Quando Lorenza soube que os vasos eram tão preciosos, ela me contou um segredo de bruxaria, que eu usava para dar ordens aos meus irmãos. Assim que começava a escurecer eu ia para o quarto de passar roupa e conversava com ela. O vapor saía das roupas, e os olhos escuros da mulher brilhavam naquele calor. Ela me contava coisas terríveis e depois largava o ferro e cantava músicas de abandonados, que choravam à noite, junto a estradas empoeiradas, por uma mulher ingrata. Seus cantos eram muito tristes e o quarto se enchia de lágrimas e pássaros perdidos. Depois, acrescentava: "Julián anda bebendo por minha causa". E dava risada. Eu gostava que ela risse e falasse, para ver suas gengivas rosa pálidas, os dentes brancos e seu luxuoso canino de ouro.

— Mãe, você quer pôr um canino de ouro em mim? — perguntava à minha mãe à noite.

— Cale-se! Não fale besteira, é um costume horrível.

Um dia, contei a Lorenza que tinha visto Julián com Amparito. A passadora jogou a roupa no chão e se irritou comigo. Dessa raiva começou todo o mal. Durante vários dias a rondei, querendo agradá-la.

— Vá embora! Não entre, você é uma enxerida! — gritava ela comigo assim que eu punha a cabeça na porta do quarto de passar roupas.

— Ainda não te disse onde está o grande tesouro do meu pai! — gritei com ela uma tarde, pela fresta da porta.

Lorenza ficou em silêncio. Então, ao som dos lençóis pulverizados, ela respondeu:

— Então vá em frente, entre!

Não me lembro de quanto ouro lhe disse que havia no galpão.

— Ah! Então seu pai o construiu com esse propósito…

— Sim, com esse propósito.

— E se alguém levasse todo esse ouro, o que seu pai faria?

— Nada, porque tem muito mais.

— Onde?

— Não vou te contar.

Era bom deixar algo de reserva, caso ela ficasse brava comigo de novo e eu não tivesse mais segredos para lhe oferecer.

Na noite em que minha mãe me subiu na cadeira, vi Lorenza atravessando o jardim, em meio às tochas dos assaltantes. Ela usava seu vestido rosa e suas tranças estavam desfeitas. Corria apavorada procurando o caminho para seu quarto. Julián estava atrás dela com um facão na mão. Desci da cadeira e não falei nada para minha mãe. Achei melhor esperar até o amanhecer e conversar com a passadora. Muito cedo fui vê-la.

— Nossa, menina Evita, não tinha nada! Você é uma mentirosa. Mas juro por esta aqui — e beijou a cruz — que vou dizer à minha mãe e você vai secar como um odre!

Eu não soube o que dizer. Fiquei apavorada com suas palavras. Lorenza se endireitou na sua cama.

— E ainda por cima, Julián quase me matou! E tudo por uma garotinha linguaruda! Mas minha mãe vai enfeitiçá-la. Vou te ver no mercado, pendurada de uma corda, como qualquer odre seco!

Eu não sabia o que dizer. Olhei para ela desesperada. Algum de vocês já viu os odres secando ao sol no mercado de Tiztla?

— Julián e eu vamos para a prisão! — rugiu Lorenza baixinho e me olhou ferozmente.

Baixei os olhos e senti meu estômago deslizar por uma rachadura no chão.

— Mas ali de baixo eu vou rir de você, cheia de moscas e amarela como um bom pelego.

— Ah! Lorenza, como é triste tudo isso, eu enfeitiçada e você na prisão...— e me desmanchei em lágrimas.

— Não chore, menina Evita, eu não vou te fazer mal. Eu não vou falar nada para minha mãe se você não falar nada para a sua — respondeu Lorenza, aos prantos.

— E se nos perguntarem, Lorenza?

— Você fala: eu não vi nada. Finalmente eu, por medo, perdi a fala...!

Lorenza perdeu a fala por muitos meses, até que sua mãe desceu da vila onde morava, perto de Chilapa. Matou um coelho no lugar onde os demônios que levaram a língua da sua filha apareceram e pronunciou algumas palavras enquanto enchia suas tranças de cinzas. A partir daí, Lorenza passou a falar com língua de animal. E continua a falar com ela até agora. Não voltei a ver Julián. Certa tarde, no meio do vapor das roupas, aproximei-me dela:

— E Julián...?

— Hmm! Pense você, menina Evita, ele não quer me ver. Ele não gosta de mulheres que falam com língua de animal...

E era verdade que sua voz tinha mudado. A língua do coelho era muito pequena e ela conseguia falar apenas suspirando...

A SEMANA DAS CORES

O duende

Elena Garro

O duende

À s três da tarde, o sol se detinha na metade do ciclo. O silêncio podia irromper a qualquer momento e o jardim podia cair destroçado em mil pedaços. A casa toda estava quieta. Apenas Rutilio lavava as lajotas do corredor. Em poucos instantes, a água, transformada em vapor, subia do chão. A cerca de samambaias que separava o jardim do corredor não impedia a onda ardente que chegava aos quartos.

Em duas redes paralelas, Eva e Leli se balançavam. O vaivém das redes embalava ambas à tarde com um barulho de cordas ressecadas. Todos os dias, àquela hora, a morte as rondava: parava nos galhos e de lá olhava para elas.

— Eva, você tem medo de morrer?

— Não, o outro mundo é tão bonito quanto este.

— Como você sabe?

— Minha avó Francisca me contou.

Eva sabia de tudo, era distinta, estava na casa porque tinha curiosidade sobre esse mundo, mas pertencia a uma ordem diferente. Era uma poderosa aliada, e o único elo que Leli possuía entre este mundo e o mundo tenebroso que a aguardava. "O outro mundo é tão bonito quanto este"... Por um tempo, a frase a convenceu, mas então, a porta que a esperava e que levava ao vazio voltou a tomar forma. Com seu próprio pé daria o passo que a precipitaria no abismo pelo qual desceria para todo o sempre, de cabeça baixa, numa queda sem fim dentro do poço escuro que era a morte. O pai, a mãe e os irmãos também cairiam lá. E nunca se encontrariam, porque todos cairiam em horas diferentes. Apenas Eva ficaria flutuando no jardim, mirando com os olhos amarelos para as coisas que aconteciam na casa.

— Você tem certeza de que o outro mundo é tão bonito quanto este?

— Sim, e como não temos corpo, não suamos.

Era irremediável não ter corpo. Elisa dizia a mesma coisa. O padre dizia a mesma coisa. O corpo ficava aqui e a gente não podia levar nem uma mecha de cabelo, para lembrar de que cor tínhamos sido. Olhou para os cabelos dourados de Eva. Perto das têmporas era muito pálido e, com o suor, grudava na pele e tomava a forma de penas muito finas. Eva olhava para as mãos contra a luz do sol.

— Dentro das nossas mãos temos luz.

Leli relembrou o dia em que, brincando com a faca do pai, cortou o dedo e o sangue saiu aos borbotões. Sentiu-se constrangida ao flagrar Eva numa mentira.

— Mentirosa!

— Você viu Nosso Senhor? De cada dedo lhe sai um raio de luz. Meus dedos vão se iluminar um dia e eu vou embora para o escuro.

Era verdade que Nosso Senhor e os santos emitiam luz através dos seus dedos e da cabeça e que Eva não tinha medo do escuro. Também não tinha medo de se balançar nos galhos mais altos das árvores.

— Você vai cair! — gritava Leli com ela quando a via se balançar nas folhas altíssimas das palmeiras.

— Se eu cair, o Duende vai me pegar — explicava Eva quando descia ao chão.

O Duende, o dono do jardim, era um grande amigo dela. Por isso, quando o pai as repreendia porque esmagavam as bananas tenras, Eva comentava:

— Coitado, ele acha que é o dono de tudo...

Naquela tarde, Rutilio continuou a lavar as lajotas e as três da tarde continuaram a ser escritas por um longo tempo na torre da igreja que assomava pelo céu do jardim.

— Vamos tomar banho — disse Eva.

Saíram para o jardim. Passaram por baixo dos jacarandás, rodearam o chafariz, atravessaram o maciço dos plátanos, alcançaram as palmeiras, inclinaram-se um pouco para a esquerda e chegaram ao poço. O poço era o lugar mais fresco do jardim, rodeado de samambaias, juncos e outras folhas, exsudava umidade. Os rumores da casa não chegavam até lá. Era a parte secreta do jardim. Um parapeito de pedra preta guardava seu buraco profundo. Muito abaixo corria a água dos rios em que se banham as mulheres prateadas e os pássaros de penas douradas.

As meninas se despiram e depois subiram os cântaros cheios de água misteriosa. A água gelada transformou seus corpos em duas ilhas frias no mar quente da tarde. A água do poço era uma água risonha; no entanto, as meninas se banhavam em silêncio. Era uma tarde predestinada para o que aconteceu a seguir. Leli olhava para as folhas que eram sempre as mesmas folhas verdes. Atrás das taiobas espreitava uma folha de um verde mais escuro. A folha tinha nervuras vermelhas e abaixo do verde-escuro havia um verde muito claro, que iluminava o verde-escuro com reflexos de vidro. A menina cortou uma daquelas lindas folhas desconhecidas e a mordiscou. A folha era muito doce. Cortou mais e as comeu. Eva sempre fazia as descobertas. Desta vez tinha sido ela. Ela estava prestes a rir, contente, quando sentiu uma agulha perfurar sua língua. Ficou quieta. Suas gengivas começaram a crescer e nesse momento se lembrou do negro de *As mil e uma noites* que, com o alfanje na cintura, distribuía venenos para matar as favoritas infiéis. "Estou envenenada", disse ela a si mesma.

— Não comam ervas, vocês vão se envenenar — repetia-lhes Antonio.

— Não acredite no meu pai. O Duende é um grande amigo meu e já tirou o veneno de todas as plantas — sussurrava
Eva pelas costas do pai.

Eva a enganara. "Estou envenenada", repetiu a si mesma,
olhando para a irmã, que, ignorando sua sorte, continuava a
brincar com a água. A presença da sua morte próxima a sur-
preendeu. Logo começaria a cair de cabeça para baixo para
todo o sempre. Quem ia lhe dar a mão? Não Eva, que, alheia
ao mal irremediável que caíra sobre ela, continuaria a se divertir na água. Tinham horas diferentes. Estavam em distintos espaços e a cada segundo que passava seus tempos se tornavam cada vez mais separados. As amarras que a prendiam
a Evita se soltavam e caíam sem barulho na grama. Ela devia
ir sozinha ao outro mundo. E era apenas uma folha verde que
a separava da irmã. São sempre coisas minúsculas que deter-
minam as catástrofes. Olhou para Eva com olhos derradeiros.
Mas não podia se despedir, ou ir sozinha, ou deixá-la sozinha.
Uma ideia lhe veio à cabeça: matar a irmã. Ela se abaixou e
cortou um ramo de folhas venenosas.

— Evita, experimente essas folhas, são muito doces.

Sua voz não delatou a traição e Eva aceitou o presente
com gratidão. Ela sabia que eram venenosas? Ela sabia de
tudo. "Meu Deus, faça-a comê-las!" E Deus a ouviu, porque
sua irmã começou a comer as folhas. E se não fossem mor-
tais para ela? Talvez o Duende tivesse removido o veneno das
folhas de Eva. "Meu Deus, que ela morra!" E Deus a ouviu
de novo, porque de repente sua irmã abriu a boca como se
dissesse algo, esticou a ponta da língua, olhou para ela com
os olhos arregalados, e seu olhar foi do estupor ao espanto.

— Malvada!

Ela a viu sair fugindo. Seu corpo nu e magrelo se perdeu
entre as árvores. Um segundo grito chegou até ela:

— Malvada!

Eva estava na mesma hora que ela. "O outro mundo é tão
bonito quanto este, lá não se transpira porque não temos um
corpo"... Era Evita quem dizia aquelas palavras? Leli caiu morta.

Estenderam-na na cama e puxaram o mosquiteiro branco. Na cama ao lado dela estenderam Eva. No início da manhã, Leli abriu os olhos e olhou atentamente para o dia da sua morte. Da cama vizinha, Evita olhava para ela enojada. Virou-se para a parede. Leli viu Elisa entrar. Vinha na ponta dos pés, se aproximou, puxou o mosquiteiro e tocou sua testa como quando estava com febre. Em seguida, retirou a mão, preocupada.

— O que Evita diz é verdade?

Leli entendeu que nenhuma das duas estava morta e se sentiu defraudada. Eva mentia. Sua amizade com o Duende não era verdadeira, nem seus poderes eram verdadeiros. A folha verde lhes fizera o mesmo estrago. Revoltada, ela também se virou para olhar para a parede.

— Não é verdade? Você não quis matá-la... — insistiu a mãe, que como sempre não entendia nada.

Leli olhou com visível desgosto para a cal branca na parede.

— Você não sabia que eram venenosas. Certo, filhinha?

A menina sentou-se na cama e olhou para a mãe com olhos sérios.

— Sim, eu sabia, e pedi a Deus que me ajudasse a matá-la.

Elisa abriu a boca, esticou a ponta da língua como para dizer algo, arregalou os olhos e seu olhar foi do estupor ao espanto.

— Malvada!

Afastou-se depressa da cama.

— Malvada! — repetiu, indo em direção à cama de Evita. A irmã abraçou a mãe e as duas começaram a chorar. Seu pai veio e olhou para Leli com olhos assustados. Depois vieram Estrellita e Antoñito. Seu irmão levantou o mosquiteiro, piscou para ela, ajeitou a mão em forma de arma e disparou várias rajadas: Bum! Bum! Bum! Estrellita, sozinha, de pé no meio do quarto, parecia espantada, como se tivesse muita vergonha da sua família e dos seus crimes.

Seu pai, hesitante no início, avançou depois de alguns segundos para a cama de Eva. As crianças o seguiram, Leli ficou sozinha, vigiada por toda a família, que ouvia paralisada os soluços de Eva. Voltavam a ser distintas, mas de distinta maneira. Sentou-se na cama, espantada. Por que a folha fizera o mesmo dano a Evita? A mãe pegou a irmã nos braços e saiu com ela do quarto. O pai e os irmãos a seguiram. Leli ficou sozinha refletindo.

Ao meio-dia, trouxeram-lhe um caldo ralo. Candelaria olhou para ela aborrecida.

— Vamos, coma — disse ela, com tédio.

Bebeu o caldo que tinha gosto de pano molhado. Ela também estava entediada. Queria falar com Candelaria, mas ela só lhe respondeu com banalidades.

— Quando você vai parar de fazer maldades?

Leli observou que as narinas de Candelaria eram achatadas e que sua voz a entediava tanto quanto seus gestos. Já não se interessava pelos seus conselhos: eram sempre os mesmos. Ao entardecer, seu quarto não a atraía em nada. As garças haviam desaparecido das manchas de umidade e os cantos tinham ficado vazios. De vez em quando, as gargalhadas de Evita e o Bum! Bum! Bum! da pistola de Antoñito. As idas e vindas dos seus pais aumentavam o tédio. Olhavam para ela e lhe faziam a mesma pergunta:

— Você não queria matar Evita, queria?

Sua resposta afirmativa os fazia fugir cada vez mais assustados.

Quando acenderam os lampiões, Estrellita entrou. Avançou cautelosamente, puxou o mosquiteiro e sentou-se parcimoniosa aos pés de sua cama. De lá, olhou para ela, piscando, como se suas grandes pestanas fossem tão pesadas que suas pálpebras a cansassem. Não disse uma palavra. Estrellita nunca falava, apenas olhava para elas. Leli viu suas mãos cruzadas sobre a sainha branca, seus pés rosados descalços enredados no véu do mosquiteiro e os cabelos loiros e lisos caindo sobre seus ombros. Imóvel, imperturbável, parecia um ídolo dourado. Leli nunca tinha prestado atenção nela. Sentou-se na cama para olhá-la melhor. Estrellita permaneceu impassível, como se Leli não tivesse se mexido ou como se não se importasse com nada do que fazia.

— Estrellita, me diga, você já viu o Duende?

— Que duende?

— O do jardim.

— Não. Sempre fico nos telhados.

— E de lá você não vê o Duende?

— Não. De lá só vejo Eva e você.

— Você sempre nos vê?

— Sempre.

Estrellita parecia um médico javanês, com pálpebras pesadas, franja lisa e lábios muito arqueados. Nenhum músculo no seu rosto se movia e suas mãos estavam solenemente cruzadas sobre a sainha branca, imóveis.

— Estrellita, eu me envenenei primeiro. Depois dei a folha para Eva e ela se envenenou também. Por quê?

Estrellita olhou para ela sem pestanejar.

— Porque eram do mesmo mato.

— Claro! Eu já sei disso. Mas por que Eva se envenenou?

— Porque você queria matá-la — respondeu Estrellita destemida, olhando para a irmã. — Gostou de matá-la? — perguntou sem mudar de voz nem de atitude.

— Não... Não gostei... ou talvez sim...

Não lhe ocorrera antes que ela pudesse gostar ou não de matar. Olhou para Estrellita com admiração.

— Então por que você a matou?

— Porque eu queria que ela morresse comigo.

— Ah!

Rutilio entrou para lhe trazer um jarro de água de limão, colocou-o sobre a mesa de cabeceira, agachou-se para observar Leli e balançou a cabeça com desgosto. Antes de sair, murmurou algumas palavras. Estrellita não se mexeu para olhar para ele nem para pegar um copo de refresco.

— Rutilio não sabe de nada — disse Estrellita, que naquele dia não tinha subido aos telhados para olhar o jardim e que estava ali, na cama de Leli, esperando saber o que os outros não sabiam.

— Não, ele não sabe de nada — confirmou Leli.

Rutilio mal tinha saído quando a mãe entrou, alarmada.

— Estrellita!

Pegou a menina pela mão e a tirou do quarto. Ninguém tinha entendido nada. Só Estrellita, porque assistia dos telhados. Nos dias que se seguiram, Estrellita viu dos telhados a ruína que caiu sobre o jardim. Os plátanos, os jacarandás, as buganvílias e as samambaias se cobriram de pó. Também do telhado, Estrellita olhou para as cabeças entediadas de Eva e Leli que balançavam nas redes sem falar uma com a outra. Estrellita sabia que Leli já sabia que Eva não tinha nenhum segredo e que, por ser mentirosa, não queria conversa. Eva ainda estava com a língua dolorida e tentava ignorar a irmã. As duas viravam as costas uma para a outra, enquanto o jardim caía em ruínas.

Certa tarde, Estrellita soube que Eva havia tomado uma decisão: maliciosa, sorria para Leli da sua rede. Estrellita viu que por alguns instantes o jardim voltava a ser para Leli como antes, radiante de aromas, exuberante de folhas. Mas Leli permaneceu imóvel na sua rede, e o pó caiu sobre as folhas novamente. Estrellita, incrédula, limpou os olhos e esperou. Essas duas não podiam ficar sozinhas.

— Leli! Lelinca! — disse Eva.

A irmã se voltou ao seu chamado, possuída por uma emoção tão violenta que chegou aos telhados.

— Lelinca, você não foi...

Estrellita ouviu a frase de Eva dos telhados e balançou a cabeça com desgosto.

— Não, eu não fui... — repetiu Leli com sua voz de sonsa.

Suas palavras chegaram ao telhado e Estrellita, com as mãos cruzadas sobre a saia branca, percebeu que Leli havia esquecido que Eva não tinha nenhum segredo.

— Foi o Duende, que estava com raiva de mim — disse Eva sem pudor.

— É verdade! É verdade! Ele pôs o veneno nas folhas — gritou Leli, abrindo a boca como uma tola completa.

Alegre, levantou-se da rede. Estrellita ouviu que para Leli se levantara um canto de pássaro e que os cocos dourados se balançavam entre as palmeiras verdes. Revoltada, ela moveu a cabeça. Ela, Estrellita, olhou incrédula para o esplendor daquele amor ali do seu telhado e, sem descruzar as mãos, piscou várias vezes, com desgosto. Sua saia branca brilhava como um cogumelo no teto vermelho. Uma telha se ergueu ao seu lado e a menina olhou para lá sem surpresa.

— Você sabe que não fui eu. Não é verdade?

— Claro que sei! Eva é mentirosa e Leli é uma valentona. Não preste atenção nelas — disse Estrellita com voz confiante e já acostumada com os crimes da família.

O Duende tirou o gorro vermelho, limpou o suor da testa com o dorso da mão e, do espaço livre da telha levantada, olhou com alívio para sua única amiga: Estrellita Garro.

A SEMANA DAS CORES

O anel

Elena Garro

O anel

— **S**empre fomos pobres, senhor, e sempre fomos desgraçados, mas nem tanto como agora, quando a angústia impera nos meus quartos e currais. Sei que o mal se apresenta a qualquer momento e assume qualquer forma, mas nunca pensei que tomaria a figura de um anel. Cruzava eu a Plaza de los Héroes, estava escurecendo e a balbúrdia dos pássaros nas árvores começava a se acalmar. Eu ia atrasada. "O que será que meus meninos estão fazendo?", ia dizendo a mim mesma. Eu viera de manhã cedinho para Cuernavaca. Tinha pressa de chegar em casa, porque meu marido, como é próprio quando se é mal casada, bebe, e quando estou ausente ele se empenha em bater nas crianças. Ele não mexe mais com meus meninos, estão crescidos, senhor, e Deus me livre, mas eles poderiam revidar. Por outro lado, com as meninas ele vai à forra. Eu mal saía da rua que desce do mercado, quando a chuva me pegou. Chovia tanto que se formaram rios nas calçadas. Eu estava indo inclinada para proteger meu rosto da chuva, quando vi minha desgraça brilhar no meio da água que corria entre as pedras. Parecia uma serpentezinha de ouro, bem aparente pelo frescor da água. Ao seu lado se formavam pequenos redemoinhos.

"Vamos lá, Camila, é um anel de ouro!", e me agachei

e o peguei. Não foi roubo. A rua é a rua e o que pertence à rua pertence a todos nós. O anel era muito frio e não tinha nenhuma pedra: era uma aliança. Secou na palma da minha mão e não me pareceu que sentisse falta de algum dedo, pois ficou quieto e depois se aqueceu. No caminho para casa, eu ia dizendo: "Vou dar à Severina, minha filhinha mais velha". Somos tão pobres que nunca tivemos joias e meu luxo, senhor, antes de nos despojarem da terra para fazer o tal campo de tiro ao pombo onde plantávamos, foi comprar umas sandalinhas de verniz com fivelas para ir ao enterro do meu filho. O senhor deve se lembrar, senhor, daquele dia em que os pistoleiros de Legorreta o mataram por causa das terras. Já éramos pobres naquela época, mas desde aquele dia sem minhas terras e sem meu filho mais velho, realmente ficamos na miséria. É por isso que qualquer gostinho nos dá tanto gosto. Encontrei meus meninos sentados em volta do *comal*.[5]

— E então, crianças?! Como passaram o dia?

— Esperando sua volta — responderam. E eu vi que durante todo o dia eles não tinham comido nadica.

— Acendam o fogo, vamos jantar.

Os meninos acenderam o fogo e eu peguei o coentro e o queijo.

— Como a gente ia ficar feliz se tivéssemos um pedacinho de ouro! — disse eu, preparando a surpresa. — Que sorte tem a mulher que pode dizer sim ou não, balançando seus brincos de ouro!

— Sim, que sorte… — disseram meus menininhos.

— Que sorte a moça que pode apontar com o dedo para exibir um anel! — disse eu.

Meus meninos riram e eu tirei o anel e o enfiei no dedo da minha filha Severina. E a coisa parou por ali, senhor, até que Adrián chegou à aldeia, para ficar serpenteando seus olhos na frente das meninas. Adrián só trabalha duas ou três vezes por semana consertando os muros de pedra. A maior parte

---

5 **COMAL:** disco de barro ou de metal que se utiliza para cozinhar tortilhas de milho ou para tostar grãos de café ou de cacau. (N. T.)

dos dias ele passava na porta do El Capricho nos observando quando íamos comprar sal e garrafas de refrescos. Certo dia, ele deteve minha filha Aurelia.

— Ei, menina, do que é feita sua irmãzinha Severina?

— Não sei... — respondeu a inocente.

— Ei, menina, e para quem é feita sua irmãzinha Severina?

— Não sei... — respondeu a inocente.

— Ei, menina, e aquela mão em que ela usa o anel, a quem ela deu?

— Não sei... — respondeu a inocente.

— Olhe, menina, diga à sua irmãzinha Severina que quando ela vir comprar sal, me deixe pagar por ele e me deixar olhar nos olhos dela.

— Sim, moço — respondeu a inocente. E ainda contou à irmã o que Adrián lhe dissera.

A tarde de 7 de maio estava terminando. Fazia muito calor e o trabalho tinha dado sede na minha filha Severina e em mim.

— Ei, filha, vá comprar uns refrescos.

Minha filha saiu e eu estava esperando sua volta sentada no quintal da minha casa. Enquanto esperava, comecei a olhar como o quintal estava destroçado e cheio de pó. Ser pobre, senhor, é ir se quebrando como qualquer lajota muito pisada. É assim que nós somos, os pobres, não temos ninguém para olhar por nós e todos passam por cima da gente. O senhor mesmo viu, senhor, quando mataram meu filhinho mais velho para tirar nossas terras. O que aconteceu? Que o assassino Legorreta construiu uma mansão no meu terreno e agora tem seus genuflexórios de seda branca na igreja da vila e aos domingos, quando vem da Cidade do México, lota o espaço com seus pistoleiros e parentes, e nós, os descalços, é melhor nem entrar para não ver tanto desprezo. E de sofrer tanta injustiça, os anos se acumulam e varrem nosso gosto e alegria e somos deixados como uma pilha de terra antes que a terra nos cubra. Eu estava naqueles pensamentos, sentada no quintal da minha casa, no dia 7 de maio. "Olhe para você, Camila, toda acabada! Olhe para seus filhos. Quanto vão durar?

Nada! Antes que eles percebam, estarão sentados aqui, se não estiverem mortos como meu defuntinho assassinado, com a cabeça ardendo de pobreza, e os anos pendendo deles como pedras, contando os dias em que não passaram fome..." E eu fui, senhor, tratar da minha vida. E vi que todas as estradas estavam cheias das minhas pegadas. Quanto se caminha! Quanto se rodeia! E tudo por nada, ou para encontrar uma manhã seu filhinho estendido no milharal com a cabeça estourada pelos máuseres e sangue saindo da boca. Não chorei, senhor. Se o pobre começasse a chorar, suas lágrimas afogariam o mundo, pois todo dia é motivo de choro. Deus vai me dar um lugar para chorar, dizia a mim mesma, quando percebi que estava no corredor de casa esperando o retorno da minha filhinha Severina. O lampião estava apagado e os cachorros latiam como latem à noite, quando as pedras mudam de lugar. Lembrei-me de que meus filhos tinham ido com o pai para a peregrinação do Dia da Cruz em Guerrero e que só voltariam no dia 9. Então me lembrei de que Severina tinha ido até o El Capricho. "Aonde está minha filha, que ainda não voltou?" Olhei para o céu e vi como as estrelas passavam velozes. Baixei os olhos e me deparei com os de Severina, que me olhavam tristemente de um pilar.

— Aqui está seu refresco — disse-me ela com uma voz na qual tinham acabado de semear o infortúnio.

Ela me passou a garrafa de refresco, e então vi que sua mão estava inchada e que o anel não estava nela.

— Cadê seu anel, filha?

— Vá se deitar, mamãe.

Ela se estendeu na sua caminha de olhos abertos. Deitei-me ao lado dela. A noite passou longa e minha filhinha não voltou a usar a palavra por muitos dias. Quando Gabino chegou com os meninos, Severina já começava a definhar.

— Quem lhe fez mal? — perguntou Gabino, e se pôs num canto e não quis beber álcool por muitos dias.

O tempo passou e Severina continuava a definhar. Apenas sua mão ainda estava inchada. Eu sou ignorante, senhor, nunca fui à escola, mas fui a Cuernavaca procurar o dr. Adame, com endereço na rua Aldana, 17.

— Doutor, minha filha está definhando...

O médico veio comigo para a aldeia. Ainda guardo suas receitas. Camila mostrou alguns papéis amassados.

— Mamãe! Sabe quem fez a mão de Severina inchar? — perguntou-me Aurelia.

— Não, filha, quem?

— Adrián, para tirar o anel dela.

Ah, aquele desgraçado!, e no meu coração vi que as prescrições do dr. Adame não podiam aliviá-la. Então, certa manhã, fui ver Leonor, a tia do tal Adrián.

— Entre, Camila.

Entrei com cautela: olhando para todos os lados para ver se conseguia encontrá-lo.

— Olhe, Leonor, não sei quem é seu sobrinho nem o que o trouxe para o povoado, mas quero que ele me devolva o anel que tirou da minha filha, pois dele se vale para lhe fazer mal.

— Que anel?

— O anel que eu dei para Severina. Adrián tirou com as próprias mãos no El Capricho e desde então ela se transformou.

— Não venha com ofensas, Camila. Adrián não é filho de bruxa.

— Leonor, diga-lhe para me devolver o anel pelo bem dele e de toda a sua família.

— Não vou lhe dizer nada! E também não gosto de que ofendam meu sangue sob meu próprio teto.

Saí de lá e velei minha filha a noite toda. Já sabe, senhor, que a única coisa que as pessoas dão é o mal. Naquela noite, Severina começou a falar a língua dos amaldiçoados. Oh, abençoado Jesus, não permita que minha filha morra endemoninhada! E comecei a rezar o Magnificat. Minha comadre Gabriela, aqui presente, me disse: "Vamos atrás de Fulgencia, para que possa tirar o mal do peito dela". Deixamos a menina na companhia do pai e dos irmãos e fomos procurar Fulgencia. Então, durante toda a noite, Fulgencia ficou curando a menina, coberta com um lençol.

— Depois que o primeiro galo cantar, já vou ter tirado o mal dela — disse.

E assim foi, senhor, de repente Severina sentou-se na cama e gritou: "Me ajude, mamacita!". E botou pela boca um animal do tamanho da minha mão. O animal trazia entre as patas pedacinhos do seu coração. Porque minha menina tinha o animal amarrado no coração… Então o primeiro galo cantou.

— Olhe — disse Fulgencia —, agora precisam te devolver o anel, porque antes de três meses as crias terão crescido.

Assim que amanheceu, fui até os muros de pedra procurar o desgraçado. Lá o esperei. Eu o vi chegando, ele não assobiava, com um pé vinha trazendo aos chutes uma pedra. Seus olhos estavam baixos e as mãos, enfiadas nos bolsos.

— Olhe, Adrián, seu forasteiro, não sabemos de onde você vem ou quem eram seus pais, e ainda assim o recebemos aqui com cortesia. Você, por outro lado, está prejudicando as jovens. Eu sou a mãe da Severina e peço que me devolva o anel com o qual você está fazendo mal a ela.

— Que anel? — disse-me ele, inclinando a cabeça. E vi que seus olhos brilhavam de prazer.

— O que você tirou da minha filhinha no El Capricho.

— Quem disse? — E ladeou o chapéu.

— Aurelia me contou.

— A própria Severina disse isso?

— Como ela pode dizer alguma coisa se está possuída!

— Hmm…! Bem, quantas coisas se dizem nesta aldeia. E quem diria isso, com manhãs tão bonitas!

— Então você não vai me devolver o anel?

— E quem disse que está comigo?

— Vou fazer o mal a você e a toda a sua família — prometi.

Deixei-o nos muros e voltei para minha casa. Encontrei Severina sentadinha no curral, ao sol. Os dias passaram e a menina começou a melhorar. Eu trabalhava na lavoura e Fulgencia vinha cuidar dela.

— Já te deram o anel?

— Não.

— Os filhotes estão crescendo.

Seis vezes fui ver o ingrato Adrián para implorar que ele me devolvesse o anel. E seis vezes ele se encostou nos muros e me negou com prazer.

— Mamãe, Adrián diz que, mesmo que quisesse, não poderia devolver o anel, porque o esmagou com uma pedra e o jogou num barranco. Foi numa noite em que ele estava bêbado e não se lembra de qual barranco foi.

— Diga-lhe para me falar qual barranco é para eu ir procurá-lo.

— Ele não se lembra... — repetiu minha filha Aurelia, e ficou me olhando com a primeira tristeza da sua vida. Saí de casa e fui procurar Adrián.

— Olhe, forasteiro, me diga em qual barranco você jogou o anel.

— Que barranco?

— Aquele em que você jogou o anel.

— Que anel?

— Você não quer se lembrar?

— A única coisa que quero me lembrar é que daqui a catorze dias vou me casar com minha prima Inés.

— A filha da sua tia Leonor?

— Sim, com aquela moça.

— A notícia é muito nova.

— Fresquinha, desta manhã...

— Antes você vai me dar o anel da minha filha Severina. Os três meses já estão acabando.

Adrián ficou me olhando, como se me visse de longe, encostou-se ao muro e pôs um pé à frente.

— Isso não vai ser possível...

E ficou ali, olhando para o chão. Quando cheguei em casa, Severina estava estendida na cama. Aurelia me disse que ela não conseguia andar. Mandei buscar Fulgencia. Quando chegou, ela nos contou que o casamento de Inés e Adrián ia ser num domingo e que eles já tinham convidado as famílias.

137

Depois, olhou para Severina com muita tristeza.

— Sua filha não tem cura. Três vezes tiraremos o mal dela e três vezes ele deixará crias. Não conte mais com ela.

Minha filha começou a falar a língua desconhecida e seus olhos se cravaram no teto. Ficou assim por vários dias e várias noites. Fulgencia não podia livrá-la do mal até que ele atingisse seu tamanho máximo. E quem diria, senhor, que ontem à noite ela ficaria tão mal? Fulgencia puxou o segundo animal para fora com pedaços muito grandes do seu coração. Apenas lhe restou um pedaço pequenino de coração, mas grande o suficiente para o terceiro animal se prender a ele. Hoje de manhã minha menina estava como morta; então ouvi os sinos tocando.

— Que barulho é esse, mamãe?

— Sinos, filha...

— Adrián está se casando — disse Aurelia.

E eu, senhor, lembrei-me do desgraçado e da festa que estava vivendo enquanto minha filha estava morrendo.

— Vou lá agora — disse eu.

E atravessei a aldeia e cheguei à casa de Leonor.

— Entre, Camila.

Havia muita gente e muitas caçarolas de ensopado e gar-rafas de refrescos. Entrei olhando para todos os lados, para ver se conseguia vê-lo. Lá estava ele com a boca sorridente e os olhos sérios. Estava também Inés, muito sorridente, e esta-vam seus tios e primos, os Cadena, muito sorridentes.

— Adrián, Severina não é mais deste mundo. Não sei se ela ainda tem um pé de terra para regressar. Diga-me em qual barranco você jogou o anel que a está matando.

Adrián se sobressaltou e então vi o rancor nos seus olhos.

— Não sei de nenhum barranco. As plantas secam por muito sol e falta de rega. E as meninas, por serem feitas para alguém e ficarem sem ninguém...

Todos nós ouvimos o sibilar das suas palavras raivosas.

— Severina está secando porque ela foi feita para alguém que não era você. É por isso que você a amaldiçoou. Feiticei-ro de mulheres!

— Dona Camila, não é a senhora que sabe para quem sua filhinha Severina é feita.

Ele se inclinou para trás e me olhou com os olhos em chamas. Não parecia o noivo deste domingo: não tinha o menor traço de alegria, nem a lembrança do riso.

— O mal está feito. É tarde demais para o remédio.

Assim disse o estranho de Ometepec e foi indo para trás, olhando-me com mais raiva. Fui até ele, como se seus olhos me carregassem. "Vai desaparecer", eu disse a mim mesma, enquanto caminhava para a frente e ele andava para trás, cada vez mais irritado. Então saímos para a rua, porque ele ficava me levando, com as chamas dos seus olhos. "Ele vai na minha casa matar Severina", li seus pensamentos, senhor, porque era para lá que ele ia, de costas, procurando o caminho com os calcanhares. Vi sua camisa branca e flamejante, e então, quando ele virou a esquina da minha casa, eu a vi muito vermelha. Não sei como, senhor, consegui acertá-lo no coração, antes que ele acabasse com minha filhinha Severina...

Camila ficou calada. O homem que estava na delegacia olhou para ela, entediado. A jovem que estava tomando as declarações no taquígrafo parou o lápis. Sentados em algumas cadeiras de linóleo, os parentes e a viúva de Adrián Cadena baixaram a cabeça. Inês tinha sangue no peito e os olhos secos.

Gabino balançou a cabeça em apoio às palavras da sua mulher.

— Assine aqui, senhora, e se despeça do seu marido porque vamos prendê-la.

— Não sei assinar.

Os familiares de Adrián Cadena se voltaram para a porta por onde Severina acabara de aparecer. Ela vinha pálida e com as tranças desfeitas.

— Por que você o matou, mamãe...? Eu implorei para ele não se casar com sua prima Inês. Agora, no dia em que eu morrer, vou topar com a raiva dele por tê-lo separado dela...

Severina cobriu o rosto com as mãos, e Camila não soube o que dizer.

A surpresa a deixou muda por muito tempo.

— Mamãe, a senhora me deixou um caminho solitário...!

Severina olhou para os presentes. Seus olhos recaíram sobre Inés, esta levou a mão ao peito e sobre seu vestido de linho rosa acariciou o sangue seco de Adrián Cadena.

— Ele chorou muito na noite em que Fulgencia tirou o filho dele de você. Mais tarde, por ressentimento, ele quis se casar comigo. Era órfão e eu era prima dele. Ele era muito estranho nos seus amores e nas suas maneiras... — disse Inés, baixando os olhos, enquanto sua mão acariciava o sangue de Adrián Cadena.

Depois de um tempo, entregaram a ela a camisa rosa do seu jovem marido: costurada no lugar do coração estava uma aliança de casamento, como uma serpentezinha de ouro, e nela gravadas as palavras: "Adrián e Severina gloriosos".

A SEMANA DAS CORES

Perfecto Luna

Elena Garro

Perfecto Luna

Talvez fossem mais de onze e meia da noite quando Perfecto Luna passou pelas últimas casas da aldeia. Naquele momento todos já estavam dormindo e ninguém notou sua passagem. Tudo, graças a Deus, tinha sido muito simples: levantar as trancas da porta do armazém, conferir pela fresta e sair para a rua escura. "Tomara que ninguém roube nada e depois digam: olhem o filho da mãe do Perfecto, passou para roubar tudo o que havia no armazém." Mas o que mais ele poderia ter feito? Não queria entregar a vida a um estouvado! Especialmente depois de ter visto que no outro mundo não havia nada além de lufadas de ar frio. Agora ele não tinha escolha a não ser fugir, apagar suas pegadas abandonadas na aldeia e nas estradas, jogar fora seu nome e procurar outro. Não deixar rastro de Perfecto Luna. Mas que nome? Não era tão fácil deixar de ser ele mesmo. Desde criança era chamado assim e sempre fora Perfecto Luna, o pedreiro, o peão, o menino que servia para tudo, porque era assim que o patrão lhe ensinara. Agora Perfecto tinha de esquecer o que sabia e começar de novo para ser outra pessoa. Teve pena de si mesmo: sempre fora tão prestativo e alegre! Mas assim é a vida: a cada um, sua má ou boa sorte. Lembrou-se do nome dos seus amigos. Crisóforo Flores: não podia se chamar assim, era roubar a alma do amigo e, no entanto, talvez ele tivesse de fazer isso. Crisóforo sempre andava tão confiante, tão alegre, tão livre de tristezas. Andava como ele andara antes; Domingo Ibáñez era arriscado, porque esse tinha noites tristes. Justo Montiel tampouco, vai que ele desse para matar os amigos.

Ele saiu da calçada para ir pelos campos rumo a Actipan. Assim, quando todos o procurassem por San Pedro, ele caminharia muito tranquilo por Acatepec. Gostava do mercado de Acatepec. Assim que chegasse, ia comprar um belo lenço de seda e começaria a procurar trabalho. No fim, ele servia para tudo. Levaria a noite toda para atravessar aquele caminho cheio de acácias, mas estaria mais seguro. Quem ia encontrar suas pegadas entre os arbustos? Apressou o passo e tropeçou numa pedra. "Ah, sim, Perfecto Luna, acabou de desgraçar um dedo!", disse ele para si mesmo em voz alta para afugentar aquele silêncio rotundo que o rodeou naquele momento. Era melhor não olhar, o campo tinha ficado enorme. Estava começando a acontecer o que acontecia todas as noites fazia cinco meses: o silêncio crescia tanto que era inútil tentar dizer qualquer palavra; ali nunca, ao longo de todos os séculos, caíra um ruído. Ele tinha acabado de dizer: "Ah, sim, Perfecto Luna, acabou de desgraçar um dedo!", e não o dissera. As palavras tinham saído em silêncio e tinham ficado presas na ponta da sua língua. Ele tinha de se afastar de Amate Redondo e se afastar de Perfecto Luna, porque era Perfecto Luna que queriam; por isso o tinham metido naquelas noites completas que duravam mais que o dia. Voltou a apurar o passo. As camadas de ar se separaram; seu nariz ficou no espaço vazio entre duas delas e ele mal conseguia respirar. Por outro lado, à altura dos seus olhos e dos cabelos, o ar soprava sem soprar, ouriçando seus cabelos e resfriando-os, até sentir que milhares e milhares de pedrinhas de gelo perfuravam sua cabeça. Quando ele terminaria de sair daqueles lugares estranhos? "Serei Crisóforo Flores, não andarei por essas paragens e voltarei a me divertir com meus amigos."

À sua frente, viu um homem que, agachado, procurava algo entre as acácias. Estava muito inclinado sobre o chão, tentando enxergar no escuro. Perfecto se alegrou por ter encontrado alguém naquelas soledades. O homem estava ali, a dois passos de distância, bloqueando a passagem. Por educação, disse boa noite.

— Boa noite — respondeu o desconhecido sem abandonar a busca.

— Você está procurando algo?— disse Perfecto Luna gentilmente, pensando que Crisóforo Flores diria isso.

— Sim — respondeu o estranho em tom de lamento. — E eu não consigo encontrar...

— Posso ajudá-lo, senhor? — perguntou Perfecto Luna, sentindo-se cada vez mais como Crisóforo Flores.

— Se fizer esse favor — respondeu o outro com voz fraca.

Perfecto Luna se abaixou para procurar aquele objeto perdido. Certamente era dinheiro, só que o ladino não queria lhe contar, por medo de que ele o roubasse. Mal conseguia ver através das sombras e pedras. Olhou com curiosidade para as pernas do desconhecido; parecia-lhe que ele estava usando *huaraches* e uma *tilma*[6]* vermelha. Parecia se movimentar com dificuldade, como se estivesse cego. Ele tateava com esforço, agarrando-se às pedras e aos arbustos.

— Ah, senhor! — disse Perfecto Luna, sentindo que, de novo, as palavras mal saíam da sua boca. O homem o ignorou. E continuou procurando, retirando as pedras.

Perfecto Luna sentou-se no chão, desanimado.

— Ai, senhor, comigo aconteceu cada coisa! — continuou, esquecendo que era Crisóforo Flores. — Olhe como eu fiquei, puro osso!

A confissão não comoveu o desconhecido, nem o fez mudar de atitude.

— O senhor sabe que eu fui Perfecto Luna até esta noite?!

---

6 **TILMA:** é um manto ou capa tradicional, geralmente feito de fibra de agave, que era usado pelos indígenas mesoamericanos antes e durante o período colonial, para proteger-se do frio ou para carregar alimentos e outros objetos. É simples e funcional, preso no ombro ou amarrado à cintura. (N. T.)

— Merda, já estou cansado de procurar e procurar! — reclamou o desconhecido.

— Vou te ajudar agora mesmo — ofereceu Perfecto, lembrando que devia ser o alegre Crisóforo. E com vigor se entregou outra vez à busca. O desconhecido estava agora longe, Perfecto mal via seu vulto branco e vermelho procurando entre as acácias. Sentiu-se calmo na companhia dele. Pensou: "Esta será a última noite desgraçada; a partir de amanhã, quando eu for Crisóforo Flores, ninguém nunca se lembrará daquele que fui".

— Senhor! — gritou ele otimista, e se sentindo já no outro dia. — O senhor acredita nos mortos?

— Nos mortos? — perguntou o outro, surpreso. Sua voz vinha lá de longe.

— Sim, senhor, mas não nos mortos de corpo presente, e sim nos outros...

— Nos outros? — perguntou o desconhecido outra vez, detendo-se na sua busca.

— Sim, nos outros — respondeu Perfecto com desenvoltura, cada vez mais Crisóforo Flores. — Imagine, eu era Perfecto Luna e tive que deixar de sê-lo, por causa de um defunto!

— Ah! — respondeu o desconhecido.

— O senhor passou por Amate Redondo? Com certeza conheceu dom Celso, o dono do armazém. Devo-lhe tudo que fui. Ele me ensinou a trabalhar enquanto eu era Perfecto Luna. Eu tinha cinco anos e já fazia entregas para ele. Cresci com ele, porque era órfão de nascença. "Vamos, Perfecto, veja como se aplaina a madeira! Fique aqui, Perfecto! Você sabe quanto custa um quarto de milho? Você marca aqui na registradora!" Porque só dom Celso tem caixa registradora em Amate Redondo. Ele é o único que trabalha assim, embora digam que rouba os gramas nos quilos. E assim vivi, trabalhando, até que dom Celso quis fazer os tais quartos anexos.

Perfecto Luna ficou calado. Lembrou-se de que até aquele dia tinha sido muito confiante. Dom Celso o encarregou de demolir os barracos atrás do armazém para construir uns quartos como há na Cidade do México. Viu-se novamente com a enxada na mão, pondo abaixo aqueles casebres. Quanto tempo levaria para fazer o trabalho? Digamos um mês; e no fim daquele mês tudo ficou rasteiro e limpo. Até aquele dia, ele também tinha sido alegre. O que lhe faltava? Nada. Tinha boas relações e a estima dos amigos. Ninguém lhe desejava mal. Foi no dia 4 de abril que dom Celso lhe disse: "Abra as valas para fazer as fundações". Por volta do meio-dia, enquanto cavava a vala, encontrou o morto. Era um morto antigo, porque não restava nada dele além dos ossos. Pareceu que voltava a vê-lo, brilhando ao sol, com os braços postos sobre as costelas. "Ele deve ter tido, com certeza, uma morte ruim, porque não tem cabeça. Quem será que o matou? Por onde andará sua cabeça?"

— Olhe, senhor, faltava a cabeça dele, com certeza alguém o degolou!

O desconhecido não disse uma palavra.

— O ruim, senhor, é que quando eu era Perfecto Luna, gostava de ser maldoso. "Perfecto!", gritou-me a mulher de dom Celso, "venha comer." Joguei meu cobertor no buraco do morto e fui comer. Lembro-me de que, enquanto serviam as tortilhas, eu estava rindo no íntimo.

— Do que você está rindo? — perguntaram-me.

— Só eu sei.

E só eu sabia. Depois de comer, enrolei os ossinhos no cobertor e levei para meu quarto. "Você vai ver, seu morto filho da mãe!", disse a ele. Chegou o dia em que me comecei a fazer os adobes… e Perfecto voltou a se ver revolvendo o barro com as folhas secas e assobiando.

— Olha esse aí, todo animado, bem que eu queria que todos trabalhassem assim! — dizia dom Celso. E era verdade, porque enquanto fui Perfecto Luna eu gostava de qualquer coisa e tudo me fazia feliz. Lembro-me de que estava enrolando meu cigarro de palha quando a ideia me veio à cabeça. Fui para meu quarto, tirei o osso de um dedo do pé e enterrei num adobe que eu tinha posto para secar ao sol. "Já que fizeram o favor de te enterrar separados, vou fazer isso por completo", disse a ele. Coloquei uma marca no adobe, para saber que ali estava um pedaço da sua sepultura. Depois trouxe uma costela e coloquei em outro adobe com seu sinal. E assim sucessivamente até terminar os ossinhos.

— Ouça, dom Celso, o que acontece com um morto que foi desmembrado?

— Pois a pessoa enlouquece, rapaz, procurando seus pedacinhos.

— Ha, ha, ha! — E fui todo contente ver minhas tumbinhas. — O que é ser menino e ser alegre, senhor! — disse Perfecto Luna, sentando-se de novo no chão e procurando com os olhos o outro, que, indiferente, ainda andava por lá sem lhe prestar atenção. Com tristeza pensou que ninguém se importava que ele, Perfecto Luna, tivesse sido feliz, e que por causa da sua alegria ele tinha que deixar de ser ele mesmo. Lembrou-se de como começou a construir os quartos: distribuiu cuidadosamente os adobes com os ossos nas paredes dos cômodos; não ficou um único lugar nas proximidades onde não fosse enterrado "o sem cabeça". E ele, alegre, continuava a abrir janelas, telhados, fazer portas, enquanto assobiava e ria sozinho.

— Olhe, Perfecto, ficaram bonitos, ponha um lambri azul neles!

— Joguei o azul mais brilhante, senhor, para alegrar o sepulcro caiado.

E voltou a rir, apesar de tudo. "Espero que a família Juárez venha morar aqui e que à noite 'o sem cabeça' puxe as pernas deles", pensava. Quando os quartos ficaram prontos, dom Celso encarregou-o de cuidar deles, para que os moleques não entrassem e riscassem as paredes. Cheirava a novo: a cal e rejunte. As paredes e o piso do chão ainda estavam úmidos; em todos os cômodos havia a presença do limpo, do intocado pelo homem. Perfecto Luna pegou suas camisas, sua esteira e seu cobertor e se instalou num dos quartos. Estava cansado; tirou os *huaraches*, deitou-se na esteira e olhou a noite pela janela. O céu se apresentava calmo e claro, e de onde estava podia ver duas estrelas brilhantes. Ele estreitou os olhos. "Quem diria que faria todo esse trabalho sozinho!" Abriu os olhos e olhou deliciado para sua obra: percorreu o teto, as paredes, a porta e voltou para a janela. Abaixo dela, uma pequena saliência marcava um dos túmulos do "sem cabeça". Ele se pôs a rir, mas seu riso se congelou. Seus lábios endureceram e o quarto ficou tão escuro que ele perdeu de vista a janela. "Quem escureceu a noite?" Ele procurou com as mãos a vela que deixara ao lado da esteira. Esticou o braço e sentiu que havia se tornado muito curto; por sua vez, o quarto tinha crescido enormemente, e a vela estava longe, fora de alcance. Resignou-se à escuridão. Arregalou os olhos tentando ver algo, mas a sombra se tornava cada vez mais densa. "Acho que aqui é assombrado." Ficou quieto. De repente, viu brilhar a marca que tinha posto no adobe. "É o sem cabeça!" Seu coração começou a bater com tanta força que lhe pareceu que corria dentro dele um rio caudaloso. Sentia que estava ficando surdo. Não tinha mais nada a fazer a não ser esperar o amanhecer. Mas a noite se arrastou por muitas noites. Quando o dia raiou, ele viu que sua esteira estava molhada de suor.

— O que há de errado com você, Perfecto? Você anda muito aéreo.

Ele não sabia o que responder. Mal provou o café, achando que tinha de escurecer. Com tristeza, sentou-se no pátio dos quartos anexos para ver o sol bater nos telhados.

— O dia está chegando ao fim — lamentou. Mudou a esteira e suas tralhas para o segundo quarto. A noite voltou e ele se deitou sem querer olhar pela janela.

"Agora não vou olhar para a noite." E apertou os olhos com força. Um barulho de asas percorria as paredes. As asas giravam enquanto subiam e desciam pelas paredes. Passaram por cima da sua testa e sobre seu corpo. Ele foi ficando gelado. Qual era o maldito osso que fazia aquele barulho que não se ouvia? E aquela noite durou mais que a anterior. Ele queria

153

pensar em como contentar o defunto, mas as asas corriam a uma velocidade tal que não lhe permitiam formular seus pensamentos. Ao amanhecer, seus joelhos estavam doloridos e ele mal conseguia se levantar.

— Você pegou um resfriado, Perfecto — disseram-lhe.

E ele não podia contar o que lhe acontecera naquela imensa noite com as asas frias. Ele foi para o sol, mas seus joelhos continuavam duros e gelados. Não teve tempo de se aquecer, pois naquele dia o sol durou muito pouco. Parecia-lhe que o galo da manhã acabara de cantar quando ouviu as galinhas se acomodando nos seus poleiros para dormir. Completamente sem esperanças, ele moveu sua esteira, seu cobertor e sua vela para o terceiro quarto.

— Morto maldito, fique sossegado e não tire minha paz, que eu nunca machuquei ninguém!

Enrolou-se na sua *tilma* para não passar frio e fechou os olhos para não ver as sombras que o envolviam. De um canto do quarto se desprendeu um remoinho de vento; zumbia com grande violência e chegou a bater no seu ouvido esquerdo. Entrou ali em grande velocidade, atordoando-o.

"Diga-me, defunto ingrato, o que quer que eu faça por você?", ele gostaria de perguntar, mas as palavras permaneceram enlameadas na sua língua. Em seguida a enfaixaram, como enfaixaram a perna de Anselmo quando o esfaquearam. Imóvel, com a língua amarrada, sofreu aquele redemoinho que lhe dava choques no corpo.

— Já amanheceu — disse com dificuldade, quando entrou na cozinha para tomar café quente.

— O que há de errado com você, rapaz? Por que está falando assim? Parece que sua língua está amarrada.

E Perfecto Luna baixou a cabeça e pensou que aquele dia ia acabar muito em breve também.

— Dom Celso, o senhor me deixa dormir com o Alambritos?

— Espere um pouco, rapaz, por que você quer o cachorro? Está sendo assaltado pelo medo?

Mal levara o Alambritos, a noite já tinha caído. Amarrou

o cachorro com uma longa corda na soleira da porta do quarto ao lado e se deitou na esteira. Ele estava ficando magro e sua risada tinha morrido! A escuridão começou a descer do teto como uma espessa nuvem negra que queria esmagá-lo. "O que quer que eu faça por você, defunto? Não posso demolir as fundações, para juntar de novo seus ossos." Ele tinha acabado de pensar isso, quando viu que Alambritos se arrastava pelo chão, colado ao piso como um decalque, e parava do seu lado. Alambritos começou a uivar com sua nova forma achatada e plana como uma folha de papel. "Com certeza você está aqui", pensou Perfecto Luna. "O que você quer? Te dou o que quiser para você ir embora". Naquele momento, a camada de sombras caiu sobre ele como um cobertor pesado e o deixou sem pensamento. O que ele queria era Perfecto! A noite toda esteve ali embaixo daquele cobertor preto.

— Olhe, rapaz, suas narinas estão achatadas! — disseram-lhe quando o viram sair do quarto. Suas pernas mal o sustentavam.

— Dom Celso, quanto tempo dura uma noite?

— O mesmo que todas as noites.

Os dias já eram apenas um raio de luz entre duas noites imensas. Ele nem tinha tempo de pôr e tirar os *huaraches*. Suas roupas começaram a ficar velhas no corpo. Quem dera se pudesse ir aparar o bigode ou o cabelo! Se mal amanhecia, a noite já estava lá! Ele nem tinha tempo de comer e foi ficando puro osso. Percorreu a fila de quartos até terminá-los e em todos eles encontrou a presença do defunto, que queria tirar seu couro. De longe, acuado no pátio dos anexos, ouvia Crisóforo tocando gaita e cantando com os amigos. Com certeza estavam no armazém. Isso o mergulhava ainda mais na tristeza, porque era o anúncio de que a noite estava lá esperando por ele.

— O que há de errado com você, rapaz? Se continuar assim, não vai demorar muito para entregar a alma.

— Dom Celso, posso dormir no armazém?

Assim, "o sem cabeça" vagaria furioso por todos os quartos, sem encontrá-lo, pois ele estaria dormindo entre os feixes de canela e as sacas de milho.

— Tudo bem, mas se for porque está com medo, você não vai perdê-lo lá.

Levou sua esteira para o armazém. Parecia que aquela noite chegava mais tranquila. O armazém estava animado: os clientes bebiam seu último copo de tequila; dom Celso fechava as contas; o lugar cheirava a álcool e especiarias. Ficou aliviado. Deram as dez horas e Crisóforo Flores, seu amigo, tomou o último trago.

— Amanhã nos vemos, se você acordar, porque está com uma cara de defunto... — e foi embora muito tranquilo, com o chapéu inclinado.

Dom Celso se despediu dele. Perfecto Luna fechou as portas do armazém, viu que estavam muito engorduradas, depois passou a tranca transversal que ia de parede a parede, deitou-se no balcão e deixou o lampião de querosene aceso. Com a luz, "o sem cabeça" não se atreveria. Inalou com deleite o cheiro da manteiga, misturado com o do pó dos feijões, sentiu-se seguro e se estendeu. No quarto dos fundos se produziu um barulho. Procurou a vela e os fósforos, mas estavam no bolso da sua camisa de flanela. O barulho aumentou. Era mais prudente não ir ver o que estava acontecendo. Um barulho semelhante acompanhou o primeiro: algo caía, caía sem cessar, assobiando docemente. Era como se duas sacas de milho deixassem o grão escapar por um buraco.

— Agora sim, o safado está destripando as sacas!

Os assobios se multiplicaram. Todas as sacas se esvaziavam em grande velocidade. O quarto dos fundos ia se enchendo de milho, tinha certeza disso. Cauteloso, olhou para lá: a porta cheia de grãos transbordava e o milho avançava pela loja. Atônito, olhou à sua volta. Ele estava entre as sacas. Acima da porta de saída havia tábuas cheias de sacas de fibra de agave. Nesse momento, abriu-se a primeira saca e os grãos caíram surdos, numa torrente dourada, no chão. Em seguida, a segunda saca foi perfurada, depois a terceira, depois a quarta, depois todo o armazém chovia milho de todas as suas paredes. O lugar do balcão foi se estreitando. Viu que a porta da rua que antes havia trancado cuidadosamente estava sendo bloqueada, pois as sacas de cima também estavam perfuradas. Levantou-se o melhor que pôde e, a passos largos, enterrando-se no grão até as coxas, chegou à porta. Com dificuldade, levantou a tranca e conseguiu, fazendo um esforço, abrir uma fresta, pôr a cabeça na noite e sair para a rua.

— A essa hora, senhor, eu estaria sepultado lá no milho, e "o maldito sem cabeça" estaria me segurando pelos cabelos por toda a eternidade. Contudo, fui embora. E abandonei não só Amate Redondo, mas também Perfecto Luna, pois quando ele o procurar, não o encontrará mais. Agora sou Crisóforo Flores. Isso é que é ter um pouco de presença de espírito! Certo, senhor? Por isso lhe perguntei se o senhor acreditava nos mortos, porque antes do "sem cabeça" eu também não acreditava.

— Ah! — respondeu o desconhecido lá de longe. E com dificuldade foi se levantando.

— Vou ajudá-lo a procurar, já que lhe contei a triste história de quem foi Perfecto Luna.

— Não precisa mais! — respondeu o desconhecido, parado ao lado do narrador. Este mal teve tempo de ver o rosto sem rosto do novo amigo: o corpo do desconhecido terminava sobre os ombros.

— Ele ficou endemoninhado! — disse dom Celso no dia seguinte. — Soltou todo o milho e morreu no meio do caminho de acácias. Caramba! E esse tal Perfecto Luna parecia um menino tão bom!

A SEMANA DAS CORES

A árvore

Elena Garro

A árvore

Sábado, às três da tarde, Gabina saiu. Era seu dia de folga e só voltaria no domingo de manhã. Marta viu-a partir e, sozinha, voltou para o quarto. Olhou para os frascos de perfume e os bibelôs intactos na penteadeira. Sua casa de tapetes e cortinas grossas a isolava dos ruídos e das luzes da rua. O silêncio pesou sobre ela e Marta o sentiu como abandono. Havia camas intocadas, algumas janelas já não se abriam nunca e as únicas cerimônias das quais participava eram de despedida: enterros e casamentos. Um timbre na porta da frente a despertou das suas reflexões. Cautelosa, atravessou a casa e se aproximou da porta.

— Quem é? — perguntou, antes de decidir abrir.

— Sou eu, Martita — disse uma voz infantil do outro lado das tábuas.

— Luisa...? — Marta abriu a porta para deixar a índia entrar. O vulto sombrio e enegrecido da mulher deslizou rapidamente para a sala de estar; ela entrou como um raio, esquivando-se dos móveis e olhando de relance para Marta. Na penumbra provocada pelas cortinas de seda, seu rosto angular mal se distinguia. Deixou-se cair numa poltrona e esperou. Um cheiro nauseabundo escapava da sua pessoa. Marta olhou para seus pés enegrecidos, descalços e desgastados de tanto caminhar.

— Qual é o problema, Luisa? Por que você veio à Cidade do México?

Luisa se ergueu de um salto, levantou as anáguas e mostrou um enorme hematoma na virilha descarnada; então, perturbada, apontou para o nariz machucado e a orelha de onde escorria um fio de sangue preto e semicoagulado.

— Julián!

— Julián?

— Sim, Julián me bateu.

— Isso não é verdade, Julián é muito bom! — E Marta se lembrou das palavras de Gabina: "O homem bom sempre ganha uma mulher cadela". Luisa era uma cadela, atormentava o marido até deixá-lo louco. A índia olhou nos olhos dela e cruzou os braços sobre o peito.

— Ele sempre me bateu, Martita... Sempre!

Sua voz chiava como a de um rato. Marta tinha certeza de que estava difamando o marido. Conhecia o casal havia muitos anos. Sempre os via quando ia à sua casa de campo, na vila de Ometepec. Quando os conheceu, pensou que Luisa era uma mulher-criança; foi só muito mais tarde que percebeu que seu riso e comportamento não eram apenas estranhos, e sim maus. Perdeu o afeto que tinha por ela e aproveitava cada oportunidade para tratá-la com dureza. Indignava-se com aquela mulher que seguia o marido com uma estúpida tenacidade. Não o deixava sozinho nem ao sol nem à sombra; para onde ele ia, lá ia ela, sorridente e maldosa. Todos gostavam de Julián; por outro lado, ninguém solicitava a presença de Luisa. Ele a suportava com resignação. A índia começou a rir e olhou maliciosa para Marta, como se ela adivinhasse o que estava pensando.

— Não ria! — ordenou Marta secamente.

— Julián é ruim, Martita, muito ruim!

— Cale-se agora mesmo, não fale mais besteira!

Gostaria de lhe dizer que ela era odiosa e que, se Julián tivesse batido nela, era porque merecia, mas se conteve.

— É ruim, me faz chorar!

— Olhe, Luisa, você ri e chora com facilidade. E sabe o que eu te digo? Que se Julián te bateu, você merece.

— Não, eu não mereço. Ele é ruim, muito ruim...

Insistia em acusá-lo. Sua penúria lhe dava náuseas. Seu cheiro se espalhou pela sala, invadiu os móveis, deslizou pelas cortinas de seda. "Basta sentir o cheiro dela para se considerar castigado", dissera Gabina, e era verdade. Marta olhou para ela com nojo. Luisa se levantou de um salto e, como era seu costume, começou a cobri-la de beijos. Em seguida, parou e voltou para o sofá. Marta viu umas lágrimas esquálidas escorrendo pelas suas bochechas, mas não sentiu compaixão alguma. A índia enxugou as lágrimas com os dedos sujos, cruzou os braços como um macaquinho, olhou para ela desconfiada e acrescentou:

— Ele sempre me bate, sempre. É ruim, muito ruim, Martita.

As duas mulheres ficaram em silêncio e se olharam como inimigas. Marta se voltou para um espelho para observar os cabelos bem penteados. Estava incomodada com a repugnância que a índia lhe inspirava. "Meu Deus! Como o Senhor permite que o ser humano adote tais atitudes e formas?" O espelho lhe devolvia a imagem de uma senhora vestida de preto e adornada com pérolas rosadas. Sentia-se envergonhada diante daquela infeliz, atordoada pelo infortúnio, devorada pela miséria dos séculos. "É possível que seja um ser humano?" Muitos dos seus parentes e amigos sustentavam que os índios estavam mais próximos do animal que do homem, e eles tinham razão. Sua náusea aumentou. Por que tinha de ouvir aquela mulher? Era tarde, ela estava na sala e não tinha coragem de botá-la na rua. Sentiu que ela chorava às suas costas. Iria lhe dar algo para comer, já que não podia lhe proporcionar afeto. Não era possível deixá-la sentada no sofá com toda a sua infelicidade, seu desamparo e sua feiura às costas.

— Luisa, você quer comer?

— Não se incomode, Martita, Gabina me dá algo.

— Ela não está aqui, é o dia de folga dela.

— Então não se incomode, Martita.

Sem ouvi-la, Marta se dirigiu à cozinha. Luisa a seguiu, sentou-se à janela e esperou. Com a luz da tarde batendo-lhe na face, sua aparência se tornava mais horrível: seu rosto era como uma fruta pisoteada; o sangue seco, misturado com o sangue que lhe manava do ouvido, manchava seus cabelos pretos. Seu cheiro invadiu as panelas de alumínio, a pia, as cadeiras azuis, os cantos. Marta lhe serviu café quente, uns pedaços de frango e uns pães. Em seguida, aproximou-se da porta para escapar do cheiro que começava a deixá-la tonta. Olhou para ela com raiva, e a índia se encolheu na cadeira e se desmanchou em lágrimas.

— Deixei meus filhos...

— Miserável! Como você se atreve a me falar sobre seus filhos? Pobres crianças, sempre chorando: "Mamãe, pare de ir atrás do meu pai, fique em casa...". E o que você faz assim que pode? Sai à rua para perseguir Julián. Não me diga que você está chorando por eles.

— Sim, Martita, eu choro por eles.

— Bem, suas lágrimas não me comovem. Por que persegue Julián? O pobre homem reclama que você não o deixa sozinho nem para fazer suas necessidades.

Marta ficou em silêncio e olhou para a índia com raiva. A outra sorriu com doçura.

— Ali não é como aqui, Martita, ali vivemos num despenhadeiro.

— O que o despenhadeiro tem a ver com o que estou te dizendo?

Marta bateu o pé no chão; a astúcia da índia a fazia corar de raiva.

— O despenhadeiro é muito escuro, Martita, muito escuro...

A voz de Luisa soou estranha na cozinha radiante. Marta ficou em silêncio e olhou para ela com atenção. A mulher caiu no choro e afastou o prato abruptamente.

— Você não sabe o que é o escuro, Martita, tem muita luz aqui, mas é escuro, muito escuro ali... e o escuro é muito feio, Martita.

Parecia um animal acuado. Marta sentiu compaixão por aquela criatura, pois a única coisa que conseguia entender era o medo.

— Sim, eu sei, Luisa. Fique contente, há muita luz aqui. Se quiser, fique comigo por alguns dias. Para onde vai? Ninguém gosta de você.

— É verdade, Martita, ninguém gosta de mim.

Quem poderia gostar daquela mulher? Marta voltou a sentir a repugnância de alguns minutos atrás. O cheiro invadia sua casa, penetrava pelas suas narinas, tornava o ar pegajoso. Dirigiu-se ao seu quarto para respirar o perfume encerrado entre suas paredes. Como dizer a ela que tomasse banho? A casa inteira seria contagiada com aquele cheiro de bile, sangue e suor velhos. Marta vasculhou seu armário e encontrou algumas roupas bem surradas. Sob esse pretexto, diria para ela tomar banho e a velha aceitaria de bom grado a ordem e o presente. Voltou para a cozinha e a encontrou olhando fixo para o prato.

— Luisa, assim que você terminar de comer, tome banho. Está com cara de cansada.

Luisa se levantou de um salto e abriu os olhos. Aproximou-se de Marta e pegou-a pela mão.

— Onde, onde, Martita?

— Onde o quê?

— Onde eu tomo banho, Martita?

— Espere, não tenha pressa, quando terminar de comer... E olhe, vista essas roupas limpas...

— Obrigada, Martita, obrigada, Deus lhe pague. Eu trouxe minha roupinha, guardei-a comigo, saí de casa e me vi sozinha no centro do mundo... Não tinha para onde ir. Eu estava andando, andando, e de repente, no meio do campo, me apareceu a Martita e eu falei a mim mesma: vou lá com ela, que é tão boa... E assim cheguei aqui, com o rosto da

Martita à minha frente, conduzindo meus passos...

Enquanto falava, ela desamarrou uma das pontas do seu xale e tirou algumas roupas velhas e limpas. E as agitou diante de Marta:

— Olhe, elas não têm nem mais cor.

Marta disfarçou a roupa que levava nas mãos e não soube o que responder.

— É melhor eu tomar banho agora, Martita, assim você não fica com nojo de mim.

Ao dizer essas palavras, ficou olhando para Marta: parecia envergonhada, e ao mesmo tempo parecia que queria constrangê-la.

— Nojo?... Luisa, pelo amor de Deus, não diga isso!

— Sim, eu digo, Martita, eu digo porque é verdade. Onde eu tomo banho?

Marta corou. A índia havia notado sua repugnância.

— Onde, onde? — insistia com malícia.

Marta cedia à voz de comando de Luisa e, dominada por ela, levou-a até à porta do banheiro amarelo.

— Vou te mostrar como liga o chuveiro...

— Eu sei, Martita, eu sei! — respondeu Luisa, botando-a para fora do quarto.

— Como você vai saber? Na sua aldeia não há banheiro... — Luisa fechou a porta sem responder.

— Velha estúpida, vai se queimar! — gritou Marta, irritada, enquanto batia forte na porta. Mas a índia tinha passado a chave. Resignada, Marta voltou para o quarto. Era preciso esperar a mulher sair do banheiro: ela quebraria tudo e se queimaria. Era uma selvagem que desconhecia os avanços modernos. Luisa demorou tanto para tomar banho que Marta adormeceu numa poltrona. Do sonho, ouviu alguém falando ao telefone.

— Martita está dormindo numa poltrona...

Levantou-se sobressaltada e foi para o quarto ao lado, onde encontrou Luisa falando ao telefone. Ao vê-la, a mulher desligou e olhou para ela sorrindo. Estava com os cabelos soltos e úmidos e um vestido limpo. O cheiro havia se dissipado.

— Como você é desagradável! Por que pegou o telefone se não sabe como usá-lo?

— Sim, eu sei, Martita, eu sei!

Marta não quis contradizê-la. Como é que ela ia saber se nem sequer havia eletricidade em Ometepec? Ela era louca. Ouvira o toque do telefone e, levada pela curiosidade, pegou o aparelho: quando ouviu uma voz distante começou a conversar como uma louca e agora lá estava ela, olhando-a muito feliz, com os cabelos soltos e os olhos cheios de malícia.

— Vou terminar de jantar, Martita.

Já era noite, e Luisa acendera as luzes por toda a casa. Marta olhou as horas: eram oito da noite. Foi até a cozinha preparar algo para o jantar e encontrou Luisa chorando em cima do prato.

— Ele é ruim, Martita, ruim! — insistiu.

— Cale-se agora, você é que está possuída!— respondeu Marta com violência.

— Possuída, Martita?

— Sim, possuída. Por que persegue Julián?

— Eu não o persigo, cuido dele porque é um covarde.

— Covarde? Agora o calunia. O que Julián devia fazer é o que seus filhos o aconselham: ir embora e deixá-la.

— Ir embora? Me deixar?

Os olhinhos de Luisa fitaram-na fugazmente de um canto. Ela parecia assustada e não estava mais disposta a caluniar Julián.

— Sim, deixá-la, porque você está possuída.

— Possuída? Mas eu só o vi duas vezes!

— Quem?

— O "Coisa Ruim", Martita!

Tinha visto o Demônio duas vezes. Se tivesse medo do "Coisa Ruim", da morte e da vida após a morte, talvez se comportasse melhor.

— Ah, então já o viu duas vezes! Pois então se cuide, no dia em que você morrer, o demônio irá persegui-la como você persegue Julián.

Luisa olhou para ela com rancor. Encolheu-se na cadeira e depois retirou o prato. Marta a observou pelo canto do olho e, vendo seu mau humor, pôs o jantar numa bandeja e se preparou para sair. Queria deixá-la sozinha para que refletisse. O medo a faria mudar de comportamento.

— O que se deve nesta vida se paga na outra. Então pense no que estou dizendo e quando você for para casa se comporte.

Achou que ela ia rir e correu para a porta. Luisa ficou em silêncio e lhe lançou um olhar sombrio. Marta, para dissipar o clima ruim, acrescentou antes de sair:

— Seja boa!

E, apesar de tudo, começou a rir. Com os índios, ela sempre ria. Eram como ela, gostavam de rir e, quando chegava a Ometepec, era recebida por um coro de risos que partilhava.

— Seja você, Martita — respondeu Luisa em tom sombrio.

Marta continuou rindo no seu quarto. Pobre velha, que susto lhe dera! Era fácil tratar com os índios: bastava nomear o demônio para fazer qualquer coisa com eles. Terminou de jantar e não teve vontade de voltar para a cozinha. Logo lhe pareceu que havia algo estranho na mulher: seu cheiro havia se dissipado e, no seu lugar, um ar pesado deixara imóveis as cortinas e os móveis. Realmente não sabia como tinha tido vontade de rir. Não sabia dizer em que residia a estranheza de Luisa. Lembrou-se dela acuada na cozinha, olhando-a com seus olhinhos tenazes. Durante anos a considerara a tola do povo; quando a repreendia, ela ria e depois a beijava com tanto ardor que parecia louca. Muitas vezes ela sentira que suas repreendas a enchiam de raiva e que seus beijos, aparentemente infantis, eram carregados de ódio. "Os loucos são ruins, acham que todo mundo os persegue e por isso perseguem todo mundo, e Luisa está louca, patroa", repetia Gabina, enquanto lhe entregava os sais de banho e as toalhas com aroma de alecrim. E era verdade, Luisa tinha algo singular, em especial naquela noite. Era como se todos os seus anos de miséria começassem a tomar forma e estivessem encarnando num ser de trevas. Marta ficou assustada com seus próprios pensamentos e olhou em volta para se certificar de que era o medo que a fazia pensar aquelas coisas estranhas. A ordem nítida do seu quarto a trouxe de volta à tranquilidade. "Ela calunia o marido porque é muito infeliz; não vou me assustar com uma coisa simples."

Foi interrompida pelo som de passos descalços, quase inaudíveis, pressionando o tapete no corredor. Ela ficou quieta. Luisa apareceu na soleira da porta, pequena e magra, mostrando os dentes muito brancos num sorriso ambíguo.

— Martita!

— Sim, Luisa…

— A primeira vez que vi o "Coisa Ruim" foi antes…

— Antes de quê, Luisa?

— Bem, antes de matar a mulher.

Houve um longo e surpreendente silêncio. Luisa tinha matado uma mulher? Onde, quando? E ela dizia isso com aquela tranquilidade e aquela voz de menina? Sentiu que tinha de responder algo, para evitar que continuasse a observá-la com seus olhos intensos, enquanto o mesmo sorriso fixo pendia dos seus lábios.

— Você matou uma mulher?

— Sim, Martita, matei a mulher.

— Ah, que é isso, Luisa, cada coisa que você diz!

Queria fingir que lhe parecia natural que tivesse matado a mulher. A índia continuou a observá-la e a rir em silêncio, só com o gesto do riso, como se estivesse ocupada em ouvir algo que Marta não escutava.

— Martita, estou ouvindo seus pensamentos — disse ela com seu mesmo tom de falsete infantil. E avançou veloz até ela e em silêncio sentou-se a seus pés no tapete.

— O medo é muito barulhento, Martita — acrescentou. E então se calou. As duas mulheres sabiam que estavam frente a frente, numa casa solitária, isoladas do mundo por paredes forradas de seda e tapetes que abafavam qualquer barulho.

— A primeira vez que vi o "Coisa Ruim" foi antes de me casar com meu primeiro marido.

Ela tinha tido outro marido! Marta descobriu que não sabia nada sobre a mulher sentada aos seus pés.

— Quando o vi, ele estava no curral da minha casa. Era um rancheiro muito enérgico; em lugar de botas tinha cascos de cavalo, que ao caminhar soltavam faíscas. Ele levava um chicote na mão e com ele açoitava as pedras e as pedras lançavam faíscas. Eram quatro da tarde e comecei a gritar: "Está aqui! Está aqui!". "Quem é que está aqui?", meus pais me respondiam, porque não o viam. O "Coisa Ruim" me ouviu gritar e foi se aproximando de mim, e seus olhos brilhavam. "Está aqui! Está aqui!", eu gritava. "Quem é que está aqui?", meus pais me respondiam, porque não o viam. E o "Coisa Ruim" começou a me chicotear antes de eu dizer o nome dele... Aí fiquei com os tremores e o espanto. Nessa época, meu primeiro marido chegou e pediu minha mão, e meus pais a deram, agradecidos, para ver se eu conseguia melhorar... E viemos para a Cidade do México...

Ela tinha morado na Cidade do México e Marta não sabia. Luisa a encarou. Ela parecia bem ciente da sua surpresa, e isso a deliciava. Sentada no chão, encolhida como um animalzinho, ela franzia as pálpebras, para esconder as faíscas de malícia que seus olhos deixavam escapar.

— Eu morei na Cidade do México, aqui, neste bairro de Tacubaya... e aqui tive meu filho. Mas eu fiquei toda inchada, Martita, e três dias depois de parida, meu marido me levou para a aldeia e me deixou na casa dos meus pais. "Você não a tirou daqui inchada, por que você a devolve assim?", disseram-lhe. "Vão à merda!", ele respondeu, e foi embora e eu nunca mais o vi. Mas meus pais não souberam disso. Logo depois eu falei: "Olhe, papai, vou procurar meu marido". E meu pai se pôs a chorar. "Deixe a criança com a gente!", ele me implorou. "Claro! Você acha que eu vou tirá-la de você?" E foi assim que voltei para a Cidade do México e voltei a morar em Tacubaya e aqui fiquei...

Luisa interrompeu seu relato para perscrutar a outra. Marta não sabia como responder ao olhar dela, baixou os olhos e esperou. Luisa levantou o braço magro:

— Eu morei aqui!

E apontou para um lugar no espaço, como se Tacubaya estivesse dentro do aposento. Marta ficou em silêncio, perturbada. Pressentia que a índia estava lhe fazendo confidências por causa de algo que ela não podia adivinhar. Tinha de impedi-la de continuar com sua história.

— Luisa, não me conte mais nada, é melhor esquecer...

— Não, Martita, não podemos esquecer. Foi aqui que vivi e foi aqui que conheci a mulher!

Fez outra pausa, Marta não se sentiu com forças para dizer nada; a voz de Luisa e o silêncio da casa a oprimiam. O que ela queria dela? Por que a olhava assim? Era uma vaca!

— E foi aqui que a matei!

Ao dizer essa frase, sua voz e seu rosto adquiriram suas feições infantis. Ela a matou e dizia isso com aquele ar inocente. Arrependeu-se de ter sido gentil no trato com os índios: sentada aos seus pés estava a prova do seu erro. A velha repugnância *criolla* para com os índios se sublevou nela com violência. Eles não mereciam nada além de chicotadas! Ela olhou para a índia e se sentiu segura, entrincheirada nos seus princípios.

— E por que a matou?

— Porque andava dizendo coisas...

— Que coisas? — perguntou outra vez com dureza.

— Bem, coisas... que eu estava andando com o marido dela, e eu nem o conhecia... — Ao dizer isso, seus olhinhos se iluminaram: faltava-lhe o sentimento de culpa, como à maioria das mulheres. Ela era inocente na frente de Julián, na frente da mulher morta e na frente do marido da mulher morta. Marta a encarou, com raiva.

— Nem o conhecia...! Eu nunca o vi e ela dizia coisas...— afirmou, coçando a cabeça, para se convencer da veracidade das suas palavras; depois, levantou o indicador:

— Olhe, mulher, pare de mexericos, para não encontrar o silêncio na minha faca! Assim eu disse a ela, mas não me deu ouvidos. Você acha, Martita, que não me entendeu? Então fui procurá-la no mercado, na hora em que todas nós vamos comprar. E estava lindo! Cheio de cebolinhas, coentro, limão. Fiquei ao lado das mulheres que vendem as tortilhas e, como elas ficam ajoelhadas, eu a vi chegando. Aquela ingrata estava balançando sua cesta bem cheia de frutas, e eu disse a mim mesma: "Você vai calar a boca, pombinha...", e enterrei minha faca nela.

Luisa parou de falar. Marta tinha certeza de que suas pausas eram premeditadas. Assustada, ela respirou o ar pesado que as palavras de Luisa acumulavam sobre a cabeça delas.

— Ai, Luisa, e como você teve coragem de fazer uma coisa tão horrível? Como você pôde enterrar uma faca...?

— Bem, na barriga, Martita, que lugar é mais seguro e macio que as entranhas?

Com um movimento brusco, Luisa pegou uma faca enorme que carregava escondida sob a blusa e fez um gesto de enterrá-la numa barriga imaginária. Marta mal teve tempo de abafar um grito de horror que queria escapar do seu peito. Muda, ela a viu destripar um ser inexistente. Abandonara os modos infantis e seus olhos brilhavam alucinados.

— Assim, assim! — repetia Luisa ofegante, enquanto continuava dando facadas no ar. — E lá ficou e eu fui embora correndo...

— Foi embora correndo...

E Marta a viu correndo entre as pessoas no mercado, com os cabelos em chamas, os olhos cruéis que tinha agora e a faca na mão. Os demais primeiro lhe abriram caminho, depois saíam correndo atrás dela. "Matar deve ser um momento terrível, talvez tenha sua grandeza", disse Marta a si mesma.

— E eu saí do mercado e desci a rua correndo... Ainda estava com a faca na mão, quando entrei na casa onde me pegaram. Ela estava bem coberta de sangue!

— Você não a deixou cravada?

— Não, Martita, eu a tirei porque era minha. E estava bem coberta de sangue...! Você acha, Martita, que ela conseguiu me salpicar...?

Com as pontas dos dedos acariciou a lâmina da faca, levantou os olhos e fixou-os nos olhos de Marta. Ela coçou a cabeça como se quisesse afugentar um pensamento e acariciou a faca de novo, perdida em suas lembranças.

— A gente tem muito sangue... somos fontes, Martita, fontes lindas... Era assim que ela era, como uma fonte na manhã do mercado... Está vendo, Martita, uma manhã, com seu mercado e sua linda fonte? — sua voz se escondeu novamente no tom infantil. Ela sorriu afável.

— E quem era ela?

Marta queria saber quem era aquela mulher que ficou estirada de manhã num mercado longínquo, com o cesto revirado e suas frutas revolvidas no sangue; ao lado dela, os gritos dos vendedores e o cheiro de coentro.

— Ah! Bem, vai saber...

— Qual era o nome dela?

— Pois vai saber...!

Luisa percebeu seu interesse e não quis lhe dar nada da sua morta. Zelosa, guardou-a para si e escondia seu nome e o rosto. Marta ficou irritada.

— Como assim, vai saber?

— Sim, Martita, vai saber. Era só a mulher que dizia as coisas: por isso eu enterrei essa faca nela...

Luisa pôs a faca aos seus pés e olhou-a com paixão. Marta viu que era inútil perguntar pela mulher e olhou para a arma reluzente que entrara na suavidade do ventre da desconhecida.

— Com essa faca?

— Sim, Martita, com esta. Tiraram de mim quando me pegaram, só que depois, tanto e tanto chorei e pedi a eles, que me devolveram junto com minha liberdade.

Marta teve a impressão de que a índia estava mentindo. Não era crível que tivessem lhe devolvido a arma do crime. Ela queria assustá-la porque havia defendido Julián. Além de invejosa, ela era ladina. Sentiu-se ridícula acreditando nas suas histórias. Viu-se com os olhos de um terceiro: duas velhas se espiando e se assustando num quarto na penumbra, e uma faca no tapete. Começou a rir. Luisa era uma embusteira, e Marta olhou para ela com escárnio.

— E te levaram para a cadeia?

— Claro, Martita! Me prenderam, me privaram da minha liberdade. E foi aí que eu vi o "Coisa Ruim" de novo...

Mais uma vez o "Coisa Ruim" apareceu: havia uma lógica na sua história, o que ela contava era verdade. Marta descobriu que ela provocara suas confidências ao lhe dizer que estava possuída. Tinha desejado assustá-la e a única coisa que conseguira era abrir a porta pela qual seus demônios escaparam. Voltou a se preocupar.

— Sim, Martita, eu o vi lá de novo. Estava pintado numa parede, assim, do meu tamanho! E era duplo, como homem e como mulher. Deram-me o trabalho de chicoteá-lo e deram-me o chicote. Todos os dias eu surrava e surrava, até que minha mão tremia. E quando eu tinha acabado de bater nele e nem conseguia mais me mexer, alguma companheira me dizia: "Vamos, Luisa, bata nele mais um pouquinho, por mim!". E eu o chicoteava novamente, pois não se nega um favor a uma companheira de cela. Quando me deram minha liberdade, nunca mais o vi.

— Nunca? Que bom, Luisa! Você deve ter ficado feliz em se libertar do demônio e da prisão.

— Não, Martita, a vida com as presas não era ruim: às quatro da manhã levantávamos e começávamos a cantar; depois moíamos o milho para os prisioneiros; depois tomávamos banho. Por isso que eu lhe disse que conhecia um banheiro. Está vendo, Martita, como eu não te disse nenhuma mentira? Os banheiros do presídio eram iguais ao seu, só que não amarelos.

Falava agora em voz baixa, e as palavras "presa" ou "companheira" eram ditas com apaixonada ternura.

Seus olhos se encheram de nostalgia. Ela ficou triste, a

faca brilhava inutilmente a seus pés. Olhou para Marta com doçura.

— O trabalho nunca terminava: limpávamos as panelas onde cozinhavam a comida dos presos... lavávamos as roupas, as escadas, os corredores...

— E quanto tempo você ficou lá, Luisa?

— Quem sabe! Cheguei a me esquecer da rua. Eu só me sentia bem com as presas, minhas companheiras. Lá me achei em casa e não passei por nenhuma dificuldade. Fiquei tão entretida que as noites e os dias iam embora como água. Se ficássemos doentes, havia dois médicos, dois, Martita!, e eles cuidavam de nós. Fiquei tanto tempo que já não reconhecia outra casa...

Olhou para Marta com tristeza e guardou silêncio. Agora, suas pausas eram involuntárias. Era estranho vê-la tão melancólica, evocando seus tempos de presidiária.

— Atendia o telefone. Está vendo como eu não te falei nenhuma mentira, Martita?

— É verdade, Luisa, não me contou mentiras.

De repente, ela se animou e riu.

— À noite havia bailes no curral. Os presos pegavam seus bandolins e seus violões e nós dançávamos, dançávamos. Eu nunca tinha dançado antes, Martita! A vida do pobre não é dançar, mas andar sobre as pedras e a fome. Minhas companheiras me ensinaram os passos; levantavam minhas tranças até a cabeça e me diziam: "Para que você pareça menos índia". E nós dançávamos e dançávamos...

Escureceu de novo e Marta sentiu-se perturbada.

— Quando disseram que iam me dar minha liberdade, não quis pegá-la. "Para quê, senhor? Para onde quer que eu vá?" E lá fiquei eu. Mas voltaram a me dizer que eu tinha de pegar minha liberdade. Uma mulher me disse: "Pegue-a, Luisa, pegue-a". E embora eu não tenha pegado, eles me deram à força. "E agora o que eu faço, doutor? Não conheço mais a rua e não tenho um centavo." A rua são centavos, Martita, são centavos. O doutor me deu dinheiro para a passagem e a mulher que disse que eu deveria pegar minha liberdade veio me esperar na porta do mundo, e quando saí à rua, ela me levou até o trem e eu fui para a casa dos meus pais...

Seu rosto ensombreceu quando ela disse isso. Começou a chorar, desconsolada. Ela parecia muito velha, com o rosto sulcado de rugas e a pele seca do sol e da poeira. Marta ficou em silêncio.

— Mas eu não a reconheci, Martita! "Ah, Luisa, essa casa não é mais sua casa!" E eu fiquei ali pensando nas minhas companheiras e no que estariam fazendo...

Sua voz ficou entrecortada por soluços.

— Quanto tempo você ficou lá, Luisa?

— Com as presas?... Quem sabe! Mas foi muito tempo, não estou dizendo, Martita, que eu já não conhecia nem a rua nem o mundo? Quando cheguei à casa dos meus pais, meu filho já estava grande assim.

Luisa levantou o braço e desenhou uma criança de dez anos no ar. Permaneceu suspensa, perdida nas suas memórias: para ela, a prisão significava seus anos dourados. Falava dela como os outros falam das suas mansões, da sua riqueza ou da sua juventude perdida. Agora que nas suas lembranças ela estava voltando para casa, seu rosto havia se tornado hostil. Luisa parou de chorar.

— E o que seus pais lhe disseram?

— Nada! "Como você está, filha?"

— Não, o que lhe disseram sobre seu tempo na prisão?

Luisa se levantou de um salto, pôs-se em guarda e a encarou.

— Sobre a prisão? Nada, eles nunca chegaram a saber. Ninguém nunca soube! Eles acreditavam que eu estava morando em Tacubaya com meu primeiro marido.

— Mas seu marido não voltou para a aldeia?

— Não! O destino quis que um dos presos que saiu da prisão o matasse. E esse prisioneiro nunca, nunca mais voltou à aldeia para contar nada. Há coisas, Martita, que ninguém deve saber. Ninguém sabe que eu estava presa: nem meus pais, que já morreram, nem Julián. Quando ele foi me pedir a mão, eu não disse nada; passava por viúva, e sou viúva.

Voltou a se enrodilhar e olhou para Marta. As duas ficaram em silêncio. Por que ela lhe contava sua história? Olharam-se nos olhos, perscrutando os pensamentos uma da outra. O pequeno relógio de ouro na cômoda fazia um barulho veloz; o tempo estava presente, lançava-se sobre elas com uma velocidade fora do normal. Luisa se ergueu um pouco.

— Antes de eu sair da prisão, minhas companheiras, que gostavam muito de mim, me disseram: "Olhe, Luisa, nunca conte para ninguém que você matou a mulher. As pessoas são más, muito más". Foi o que me disseram. "A gente já sabe que você vai ficar tentada a contar. A pessoa é forçada a confessar seus pecados, seus próprios pecados. Você tem os seus e eles são apenas para você; e você também tem os pecados da mulher, e juntos eles pesarão muito sobre você." Você sabe, Martita, que a gente carrega os pecados dos mortos que mata. É por isso que vemos homens bem dobrados pelo peso, pois devem duas ou três mortes. "Mas não conte a ninguém, Luisa, nem diga a ninguém onde você esteve esses anos!" Foi o que me disseram e foi o que eu fiz, Martita, não contei a ninguém além de você. "Mas olhe, Luisa", me disseram minhas companheiras, "se alguma vez você sentir que os pecados dobram suas pernas e esvaziam seu estômago, vá para o campo, longe das pessoas; encontre uma árvore frondosa, abrace-a e lhe diga o que quiser. Mas só quando você não aguentar mais, Luisa, porque isso só pode ser feito uma vez." E assim foi, Martita, o tempo passou e só eu sabia o que era minha vida. Até que minhas pernas começaram a dobrar e eu não aguentava mais a comida, pois meus pecados e os da mulher morta, que eram maiores que os meus, se assentaram no meu estômago. E um dia eu disse a Julián: "Vou cortar lenha!", e fui para a montanha e encontrei uma árvore frondosa e fiz aquilo que minhas companheiras me orientaram. Eu a abracei e disse: "Olhe, árvore, eu vim até você para confessar meus pecados, para que você possa me fazer o benefício de suportá-los". E lá fiquei, Martita, e levei quatro horas contando o que eu era...

Luisa, sem fôlego, parou a história e olhou furtiva para Marta, que estava muito pálida. Aonde a índia queria chegar? Sentiu o coração bater com força, mas não se atreveu a pôr a mão no peito. Imóvel, esperava o fim da história.

— Voltei para minha casa e demorei um pouco para ir ver a árvore e, quando cheguei... — Luisa fez uma pausa e olhou para Marta — ... ela estava toda seca, Martita.

O silêncio caiu entre as duas mulheres e a sala se povoou de seres que cortavam o ar com pequenas facas de madeira seca.

— Secou? — murmurou Marta.

— Sim, Martita, secou. Eu lancei meus pecados sobre ela...

A árvore seca entrou no aposento; a noite inteira secava dentro das paredes e das cortinas ressecadas. Marta olhou para o relógio: ele também estava secando na cômoda. Buscou na memória um gesto banal para se dirigir a Luisa, que, petrificada pelas suas próprias palavras, olhava para ela alucinada.

— Luisa, quando eu falei que você estava possuída, eu estava brincando, calma! O passado não existe mais. Nunca voltamos a ser o que éramos.

A índia permanecia imóvel, olhando para ela do passado, de muitos anos atrás. Marta sentiu medo.

— Não tenha medo, Luisa, nós duas estamos contentes aqui e o que aconteceu, voou para longe. Nunca se recupera...

— Ela secou, Martita, secou — repetiu Luisa.

— Você me disse, Luisa, não repita. Vá dormir em paz! Aqui estamos as duas seguras, longe de tudo...

— Como estamos sozinhas, Martita...

— Por que você está me dizendo isso, Luisa? — perguntou Marta, com a voz esvaziada pelo medo, consciente do silêncio imóvel dos seus móveis e cortinas.

— Porque Gabina vai voltar só amanhã...

— Luisa, vá dormir... já sabe onde fica seu quarto...

Marta queria ficar sozinha, quebrar o feitiço. Luisa sorriu e pegou a faca. Marta gritou:

— Largue-a!

— Por quê, Martita, se é minha?

E um gesto suave a fez desaparecer por baixo da camisa. Devagar, abandonou o quarto da patroa. O aposento ficou em silêncio. Marta esperou alguns minutos: nada se mexia na casa. Levantou-se e moveu os frascos na cômoda; deixou cair a escova de cabelo. Mas o barulho não a consolava do medo: das sombras espiavam seus movimentos e riam dela, estava balançando no vazio. Começou a se despir. De um túnel preto, riam-se dela com grandes gargalhadas inaudíveis. Enfiou-se na cama: queria enganar os inimigos, fazê-los acreditar que não tinha medo. E apagou a luz. Por que ela havia dito à mulher que estava possuída? Ela a levara de volta ao seu passado. Que estranho que tivesse sido tão feliz na prisão! Lá ela fora igual às outras. O que estaria fazendo agora? Gostaria de espiá-la. Tinha certeza de que também não dormia. Ela também estava com medo. Por medo vigiava Julián, temia que a deixasse; o campo não tem portas e não podia trancá-lo. Tinha medo da sua própria liberdade e da dos outros. Velha estúpida! Era igual a todos os índios. Ela não gostava deles e só aceitava aqueles que a adulavam, como Gabina. Às vezes era gentil com eles por preguiça, mas no fundo do seu coração havia uma dureza irremediável. Na prisão, Luisa havia encontrado seus iguais e tinha aprendido a dançar. No mundo, ela havia voltado ao seu lugar e só se confiara a uma árvore… "e secou, Martita, secou…". A voz de Luisa chegou até ela, repetindo a mesma frase dentro de um túnel infinito. Marta se viu suando frio e acendeu a luz. Olhou para a bainha do lençol com suas iniciais bordadas. Arrependeu-se de não ter uma arma: eu a mataria como um rato! "Se ela aparecer na porta, vou lhe dizer: está vendo, Luisa, estou rezando, e ela vai começar a rezar comigo." O crime era um ato de solidão… Voltou a escutar. Nenhum barulho chegava até ela; talvez a índia já tivesse adormecido. Onde ela teria enfiado a faca? Nunca a largava. Era a chave que abrira para ela as portas para a igualdade, a dança e a alegria. Era seu talismã. O silêncio a convenceu de que a mulher dormia enquanto ela ruminava.

Olhou para o relógio que marcava as duas da manhã. Ansiava pela aproximação da manhã. A partir de amanhã, seria mais severa com os índios. De repente, os ponteiros correram frenéticos e fizeram um barulho ensurdecedor. Dentro daquele barulho, Marta ouviu passos descalços pressionando o tapete.

— Luisa! Luisa! Luisa!...

Ninguém atendeu seus chamados e o telefone estava no outro quarto. Os passos haviam parado no meio do corredor. Marta nem sequer teria tempo de chegar à porta para trancá-la à chave. Luisa pularia sobre ela como um gato selvagem.

— Luisa! Luisa! Índia maldita!

Voltou a ouvir os passos descalços e cobriu o rosto com as mãos.

Gabina voltou à casa da patroa às seis da manhã. Só às oito horas é que percebeu que algo estranho tinha acontecido. No quarto, encontrou dona Marta: estava morta havia mais de cinco horas. A polícia encontrou Luisa escondida numa casa vizinha, com a faca ensanguentada na mão. Levaram-na para a prisão de Tacubaya.

— Não há mais nenhuma das minhas companheiras! — disse Luisa, depois de verificar as celas e os pátios. E sentou-se para chorar com amargura. Esquecera-se de que mais de um quarto de século tinha decorrido entre sua partida e seu regresso. Martita tinha razão: o passado era irrecuperável.

A SEMANA DAS CORES

Era Mercúrio

Elena Garro

Era Mercúrio

Agora tenho certeza da primeira vez que a vi. É curioso, foi como vê-la e não vê-la. Naquele dia eu estava preocupado, não é em vão que se tomam decisões para toda a vida. Quando isso acontece, não sabemos se fomos nós que decidimos ou se foi alguém que decidiu por nós. "Ela é uma mocinha tããão virtuosa!", minha mãe me dissera antes de eu sair de casa. Suas palavras me incomodaram. Estava escurecendo e as luzes do Paseo de la Reforma se confundiam com as luzes do pôr do sol. A enorme manchete de um jornal: "QUE NÃO SE ACEITE SUA RENÚNCIA", me fez quase atropelar o pirralho que vendia jornal. "Esses políticos se intrometem até no momento em que estou indo falar com dom Ignacio", disse a mim mesmo com raiva, esquivando-me do pirralho, que me olhou com olhos aterrados. Assim que superei o obstáculo, ouvi novamente as pérfidas palavras da minha mãe: "Ela não é bonita, mas é tããããooo virtuosa". Minha mãe põe ênfase na palavra "tão", é inconfundível. Seus tãos ambíguos e enfáticos provocaram minha raiva e minha distração, não a renúncia de Carlos Madrazo.

"Todos nós nos casamos um dia, e Ema me adora", eu disse a mim mesmo na altura do Caballito. Lembrei que no Jockey Club, no cinema, na sua casa, sempre me olhava e me pegava pela mão. Se alguma das suas amigas sorrisse para mim, Ema apertava minha mão e depois no carro me repreendia: "Eu tenho minha dignidade, você não faça isso comigo!". Ela é uma garota com muita classe! Talvez tenha sido essa qualidade que me atraiu nela. Por que minha mãe diria que não era bonita?, perguntei-me na avenida Madero, a caminho do escritório do seu pai. Nunca me ocorrera que ela fosse tããão virtuosa! Bem, você não se casa com a mais bonita, mas com aquela que mais te ama. "É uma maneira de andar pela vida com segurança", tinha me dito dom Ignacio. No entanto, me incomodava que minha mãe a achasse feia.

Entrei no prédio e, quando peguei o elevador, quis pensar em Ema, mas para meu espanto não me lembrava de absolutamente nada dela: sua voz, seu corpo, seu rosto tinham sido completamente apagados da minha memória. Só senti sobre a caxemira da minha roupa o peso compacto do seu corpo quando ela me beija. Atônito, levantei os olhos e olhei para o painel luminoso com o número dos andares. Um dois avermelhado parecia dar lugar a um três igualmente avermelhado. Foi nesse momento que seu perfume chegou até mim, intenso e metálico. Baixei os olhos e olhei para a esquerda. Que estranho, pareceu-me que apenas o ascensorista e eu estávamos no elevador. Agora resultava que ela também estava ali. Olhei para sua testa abaulada, os cabelos quase prateados, o nariz reto e seus olhos fixos no painel. Aí olhei para os números, já estávamos no oitavo andar. Olhei para ela de novo. Onde eu tinha visto seu manto de prata, seu pescoço comprido e sua boca pensativa antes?

— No Metropolitan Museum, em Nova York — disse ela sem virar a cabeça e sem mover os lábios.

Na verdade não me disse... embora eu não tenha certeza. Pelo contrário, acho que eu mesmo me lembrei. Ela estava de pé nos degraus de concreto, olhando para o céu branco, de onde caía uma neve fina e branquíssima, que enriquecia seus cabelos com uma auréola cintilante e envolvia as paredes e os troncos escuros das árvores do Central Park. "É uma mulher metálica", disse a mim mesmo daquela vez, contemplando seu nariz gelado e seus braços cruzados. Seu casaco de pele era constelado de escamas metálicas formadas pela neve e toda ela reluzia como uma joia cinzelada em platina, presidindo a queda da neve...

De repente, no elevador, achei um absurdo lembrar dela porque nunca tinha ido ao Metropolitan Museum, nem conhecia Nova York. "Deve ser gringa e eu devo tê-la visto por aqui"... eu disse a mim mesmo, sorrindo no íntimo. Olhei para ela de novo. Ainda estava olhando para o painel, muito séria. Sua pele brilhava como uma camélia, ou melhor, como uma luva branca encaixada numa mão e um braço perfeitos. Ouvi-a rir.

— Não, eu não sou gringa — disse-me ela, ou eu pensei ter ouvido.

Vi agora que sua roupa não era de prata, mas de gabardine clara. Era o corte que o fazia parecer prateado. Olhei-a dos cabelos aos pés. Ela era tão alta quanto eu, e seu ombro roçava o meu. Usava o cabelo curto e seus tornozelos eram muito finos. Olhei para a boca dela, não estava maquiada. "Que linda!", pensei e me senti muito infeliz. Uma veia azul pálida corria pelo seu pescoço como um caminho delicado e se perdia entre sua orelha e seus cabelos claros. "Já vi esse caminho antes", disse a mim mesmo, sentindo uma delícia fria soprar minha nuca. Lembrei-me da varanda, era estreita, de pedra, e ela estava lá. Aproximei-me por trás para beijar a veia azul da sua nuca que se confundia com o céu que mal entrava pela fenda aberta da torre; antes que meus lábios alcançassem sua pele, ela se lançou pelo ar. Abaixo estavam os pinheiros cobertos de neve, e eu, transido como um jovem viúvo, permaneci ali parado, chorando sem lágrimas pela minha desgraça, que agora no elevador se tornou insuportável. Para evitar vê-la, olhei de novo para os números no painel, que agora marcavam 1715. Não fiquei alarmado, no México tudo desmorona. O elevador estava indo tão rápido quanto uma flecha e naquele momento atravessava o céu como um foguete. Os números no painel saltaram fora de ordem e depois se fixaram no número 14. O elevador parou. Eu também parei. Virei-me para minha companheira que, imperturbável, continuava a olhar para o painel.

— O décimo quarto, jovem...! — disse-me o ascensorista com uma voz impaciente. Sua voz me expulsou do elevador. Encontrei-me no corredor de linóleo encerado. Chamei imediatamente o outro elevador, queria descer e esperar, para descobrir quem era a desconhecida. As portas do elevador contíguo se abriram.

— Desculpe-me, Javier... Você já estava indo embora?... Não consegui chegar antes... — disse uma voz jovial que me arrastou pelo corredor: era dom Ignacio.

Entramos no seu escritório de móveis de couro vermelho. Num canto, um fícus invadia com suas folhas sem vida a parede revestida de plástico grisáceo. Nas poltronas, dois homens gordos agitaram o jornal que quase me fizera atropelar o jornaleiro.

— Que escândalo estão fazendo! — comentou dom Ignacio.

Imediatamente os três homens se envolveram em conversas animadas de palavras grosseiras, contas e vacas.

— Vamos ter de parabenizar Pancho discretamente... — disse um deles, fazendo o sinal do dinheiro com os dedos.

— Sua campanha foi magnífica, não entendo como manchetes como essa estão se infiltrando sorrateiramente agora — disse um deles, apontando para as enormes letras: "QUE NÃO SE ACEITE SUA RENÚNCIA".

O homem que falava era meu tio Ricardo e o outro era seu sócio dom Joaquín. Ambos tinham estado na política e suas fortunas eram incalculáveis. "Que sorte teve o Ricardo, ele era tão esperto para roubar!", dizia minha mãe ao falar do cunhado. Não entendo por que naquele momento eu não reconheci nenhum dos dois. Talvez porque desde que avancei pelo corredor de linóleo, conduzido pelo meu futuro sogro, uma enorme tristeza pesou sobre meus ombros. Eu tinha acabado de perder algo precioso, algo irrecuperável... A con-

186

versa dos três amigos, que na véspera me teria feito saltar de júbilo, agora me deixava indiferente. Olhei através do vidro da janela, o azul alto do céu coberto de escuridão, e até ouvi uma música que fazia girar as folhas das árvores invisíveis...

— Com Madrazo, a coisa ia ficar preta... — As palavras altissonantes do escritório bateram nas janelas como gotas de cola. Eram expressões que eu ouvia desde a infância: "a coisa ficou preta", "programa de índio", "era um retardado", "feito nas coxas"... Agora, os três homens repetiam essa linguagem obtusa várias vezes.

— Não se preocupe, dom Ignacio, isso corre por minha conta... — ouvi-me dizer de repente.

Dom Ignacio pareceu satisfeito. Não se falava mais de Madrazo, agora falavam das despesas do casamento. Discutiam-se os mínimos detalhes: decorações florais, música, bebidas, recepção... a lista de convidados foi feita e o nome das pessoas se misturava com as marcas dos vinhos.

— Pelo menos uma taça de champanhe — opinou meu tio Ricardo. Um silêncio acolheu sua proposta. "Pelo menos uma taça de champanhe", repetiu várias vezes.

— Isso corre por minha conta — ouvi-me dizer de novo.

Os três homens continuaram seus cálculos. Olhei para o jornal e para a manchete: "QUE SUA RENÚNCIA NÃO SEJA ACEITA". E se eu desistisse do casamento, será que haveria o mesmo protesto? Afundei na poltrona: faltava-me coragem. Nesse momento, meus parentes mais velhos me misturaram com um passado deles que eu achei obsceno; os bordéis desfilaram um após o outro, e o nome das mulheres cheirando a talco e especiarias de cozinha me seguiu até o corredor de linóleo. Uma vez na calçada, me despedi às pressas.

— Emita vai a San Antonio amanhã comprar o *trousseau*... Não faça essa cara, vai com sua mamacita... — acrescentou dom Ignacio, olhando-me com malícia.

Eu tinha esquecido de Ema e não me importava nem um pouco se ela ia ou não com sua mamacita. Recusei o convite de dom Ignacio e o vi se afastar com seus amigos: eles iam comemorar meu casamento e a renúncia de Madrazo. A última palavra que ouvi deles foi o conhecido nome de uma prostituta.

Caminhei pela rua Madero e entrei na Sanborns. Tomaria uma coisa qualquer e depois iria a um cinema. Não queria estar ao alcance do telefone: queria evitar Ema. "Ema é um nome pesado!", disse a mim mesmo enquanto comia algumas *enchiladas*.[7] E a partir desse momento, minha única intenção foi desistir do casamento. Mas como conseguir isso? Já tinha ido longe demais. Paguei a conta. Ao passar pelo departamento de perfumaria, vi a jovem do elevador novamente: ela carregava um lindo frasco de sais de banho, nítido e translúcido como ela.

Durante a exibição do filme, fiquei distraído. O mundo não era tão aparente quanto parecia, havia um outro mundo imprevisto, que era o inverso do mundo em que eu vivia e no qual o amor, a música, a beleza aconteciam... Pareceu-me que esse outro mundo era inatingível para mim, faltava-me a chave para penetrá-lo.

Eu ia me casar e nunca tinha pensado que o amor era outra coisa que não fosse o que Ema me oferecia. O que ela me oferecia? Uma presença obstinada e uma fortuna...

Na saída do cinema, um vento gelado soprava na avenida Juárez, e ainda havia jornaleiros vendendo a renúncia de Madrazo em grandes manchetes. Pareceu-me que a manchete tinha envelhecido muito em poucas horas. Era minha renúncia que deveria aparecer naquelas páginas cinzentas...

Naquela noite, dormi mal: viajei para lugares desconhecidos onde circulavam tristes mortos. Acordei disposto a terminar com Ema, mas os dias começaram a passar sem que eu desse um passo para alcançar meus objetivos. Minha mãe estava satisfeita, todos estavam satisfeitos e eu me deixava levar por eventos que se precipitavam com uma velocidade pe-

---

7   ENCHILADA: é um prato tradicional da culinária mexicana que consiste em uma tortilha de milho enrolada em torno de um recheio e coberta com um molho. As *enchiladas* podem ser recheadas com uma variedade de ingredientes, como carne, frango, queijo, feijão ou vegetais. (N. T.)

rigosa. Ema voltou de San Antonio e seus olhares significativos quando me mostrou suas "provisões" me desagradaram. Como comunicar a ela minha decisão de desistir do casamento? Enquanto procurava a ocasião, o mundo exterior continuava no seu ritmo habitual, só que as coisas de repente tomaram rumos inesperados: certa manhã, o céu do Zócalo se abriu num belo túnel por onde desfilavam figuras luminosas e imprevistas, que em poucos segundos se tornaram colunas de azougue. Mais tarde, ao sair do Departamento Central, dei de cara com a jovem do elevador. Tornou-se costumeiro encontrá-la. Eu a via por todo lado: no Paseo de la Reforma, numa rua solitária de Las Lomas; nas quadras de tênis, jogando com incrível precisão, enquanto eu perdia a bola para acompanhar seu jogo matemático. Quem era? Sua silhueta prateada havia se tornado familiar para mim, e se eu não tivesse ficado tão agoniado com a proximidade do meu casamento, teria me aproximado dela, embora ela parecesse não querer permitir qualquer aproximação, qualquer intimidade. Eu tinha certeza de que a desconhecida nunca tinha olhado para mim... embora ela sempre me dirigisse a palavra e me lembrasse de eventos remotos e dolorosos... Quando cruzei com ela no Departamento Central, tomei a decisão de terminar com Ema naquela mesma tarde.

— Madrazo é um sujeito extraordinário! — disse eu na sala de estar de dom Ignacio, invejando seu gesto livre e me sentindo humilhado pela minha covardia.

Dom Ignacio olhou para mim com cautela, as paredes cor-de-rosa permaneceram idênticas a si mesmas e Ema se moveu desconfortável: cruzou a perna e revelou a cinta-liga preta.

— Extraordinário? — perguntou dom Ignacio com sarcasmo.

— Ninguém se atreve a renunciar a nada... — disse eu, desfalecido de pânico. Minhas palavras não obtiveram resposta. A família de dom Ignacio me olhou em silêncio. Era difícil para mim explicar que a famosa renúncia estava ligada à minha aceitação ignominiosa, e que misteriosamente ela me vinha à mente repetidas vezes.

Por que eu não disse naquele momento que admirava o político que cometera um ato que eu era incapaz de praticar? Despedi-me confuso, e durante dois dias não voltei para a casa na rua Montes Cárpatos.

À noite, meu quarto se encheu de acordes de piano e os reflexos foram apagados no céu. Naquela noite, o recente suicídio de um amigo me pareceu compreensível: ele também não aceitara o fracasso... Que fracasso? Eu não sabia.

Voltei a encontrá-la na cafeteria do Cine Paris. Naquela época eu ia muito ao cinema. Era uma maneira de escapar de Ema e dos compromissos contínuos com ela que haviam se tornado tão chatos quanto os compromissos de negócios. Evitava beijá-la e ela parecia não se importar muito. "Vou ter você para sempre", ela me dizia sem dizer nada. Atônito, olhava para sua boca, untada com um carmim cor de tijolos. Seria verdade? Aconteciam coisas no cinema que nunca aconteceram comigo, por isso me refugiava nas suas salas escuras.

Quando a vi, ela estava tomando um sorvete de baunilha. Seu traje era da cor do sorvete, não tinha mangas, mas dois babados quase geométricos que mais pareciam asas pequenas e eretas. Ocupei uma mesa perto da dela e seu perfume metálico chegou até onde eu estava. Ela não olhou para mim. Inclinou-se e mordiscou o canudo, depois bebeu o líquido gelado sem mudar de expressão. Levantou-se e saiu do café. Eu a alcancei embaixo da marquise.

— Senhorita, posso acompanhá-la?

Ela olhou para o gás neon que vinha dos vidros da marquise.

— Por que não? — disse-me ela, embora eu não saiba se ouvi sua voz ou imaginei. Eu a levei até meu carro e ela se acomodou ao meu lado. Nunca olhava para mim. Estava ocupada olhando para o céu através do para-brisa. Ela me guiou sem palavras para uma rua escura de Coyoacán. Enquanto dirigia, olhei para suas pernas cruzadas: não estava usando meias e sua pele reluzia como prata. Parecia não sentir frio nem ocupar espaço. Estacionei o carro em frente a uma casa branca e me virei para a desconhecida, que permanecia impávida. Peguei-a nos braços e a senti fria e líquida: como se estivesse abraçando um rio. Sua boca fresquíssima pareceu entrar na minha, dissolver-se e me dissolver numa sensação desconhecida. Ela abriu os olhos e escapou dos meus braços, eu a vi de pé, no meio da noite, e a segui. Ela avançou com a velocidade de uma serpente até a porta da frente e a empurrou. Fazia tudo sem barulho e como se não encontrasse resistência nos objetos. Fui atrás dela e me encontrei num pequeno vestíbulo de onde partia uma escada branca e leitosa que levava ao porão. A jovem tirou os sapatos e desceu os degraus rapidamente. Fui atrás dela, admirando seus calcanhares parecidos com conchas de madrepérola e seus tornozelos quase líquidos. Chegamos em frente a uma pequena porta, que ela abriu em silêncio e me levou para um quarto onde havia uma cama com barras de madeira escura e uma tapeçaria de peles brancas. A colcha, as capas das almofadas, as cortinas e as porcelanas eram profundamente frias e brancas. Recostou-se na porta fechada e olhou para o teto com seus olhos muito claros. Então, bem devagar, desceu as alças do seu vestido que formavam as asas que pareciam nascer dos seus ombros e descobriu seu corpo nu, no qual seus seios brilhavam como dois montículos de neve. Eu queria me aproximar, mas notei que ela continuava baixando o vestido, que caiu aos seus pés. Ficou nua, iluminando o quarto como uma estrela radiante e olhando com seus olhos de estátua para o teto muito baixo do aposento. Dei alguns passos e com as pontas dos dedos acariciei o contorno do corpo misterioso; ela, sem me olhar, avançou até a cama e se recostou na colcha alvíssima. "Você não acredita na beleza", talvez imaginei que ela me dizia, enquanto seu corpo alongado e nu parecia se transformar num rio luminoso. Por uma janela alta coberta por uma cortina de musselina branca, mal entrava o brilho das estrelas. O quarto era subterrâneo e o corpo deitado ao meu lado era de prata. Ela não era deste mundo. Estar com ela era como pisar na veia luminosa de uma mina secreta, onde tesouros escondidos reaparecem em formas cada vez mais preciosas.

Por instantes eu tinha a sensação de não estar com ninguém, embora os prazeres mais inesperados me cercassem. O corpo escorria dos meus braços e reaparecia ali mesmo, cada vez mais brilhante, cada vez mais translúcido. Eu ficava repetindo: "Eu te amo", "Eu te amo", mas as palavras não significavam o que eu sentia por ela.

— Você não vai me ver amanhã, vai?

Fiz a bobagem de jurar a ela que a veria a cada minuto de cada dia. Ela não respondeu, endireitou-se na cama como uma bela fonte e apontou para a luz que se filtrava pela janelinha colada ao teto do seu quarto. Então pulou da cama e subiu num banquinho abaixo da janela, levantou as cortinas brancas e olhou abstratamente para as ervas verdes que cresciam no chão do jardim, que começava onde as janelas começavam. Estávamos embaixo da terra; acima, os verdes eram ternos atrás do vidro.

— São seis da manhã — disse, aspirando o frescor das ervas.

Algo feroz me empurrou para fora da cama. Vesti-me às pressas e já vestido me aproximei da jovem, que estava de pé no banquinho me olhando. Abracei seus joelhos cristalinos e fui embora...

— Vou vir à noite — disse eu, olhando para ela da porta, assombrosamente perfeita, assombrosamente impudica.

Fui recebido pelos cheiros familiares da minha casa e pela voz da minha mãe que naquele momento tomava café da manhã. Numa poltrona do seu quarto estava um terno de veludo azul pavão. Aterrado, lembrei-me de que ia me casar naquele dia.

— Pillo, como foi a despedida de solteiro?

A partir desse momento, o telefone tocou sem parar: eram sempre Ema e dom Ignacio; queriam cronometrar a hora e a partida para chegarem juntos a San Jacinto. O átrio e as naves da igreja estavam lotados de penas e saias de cetim. O casamento cheirava a perfumes e incenso, e ao meu lado, coberta por um emaranhado de véus opacos, Ema parecia muito satisfeita, enquanto o pai proferia ameaças. "Esta noite eu vou vê-la", repetia a mim mesmo várias vezes, enquanto seu corpo nu passeava líquido entre os altares. Na sacristia, ela se aproximou de mim e me beijou na boca enquanto todos apertavam minha mão em sinal de luto. Vi-a desaparecer entre os convidados como uma fina coluna de prata movediça...

Em Acapulco, não vi absolutamente nada. Ema me cobre como uma espessa camada de terra, inabalável a qualquer milagre. Eu sei que não vou recuperá-la, é o castigo por ter desistido da beleza... Nunca mais encontrarei a preciosa veia... porque agora sei que ela era Mercúrio...

A SEMANA DAS CORES

Nossas vidas são os rios

Elena Garro

Nossas vidas são os rios

A li estava o general, muito mais alto que os outros, com a camisa militar aberta mostrando a garganta e uma mecha de cabelo caindo entre os olhos claros. Balançava os braços enquanto caminhava, ia apático, entediado, e olhava para eles com escárnio. Parou quando lhe disseram para fazê-lo. Indolente, apoiado sobre uma perna e segurando um cigarro na mão, olhou para o mundo como um gato antes de se espreguiçar e levantou um braço para fazer um sinal de despedida. Aquele adeus que os homens dão quando saem para dar uma voltinha pela praça. Depois já estava com as pernas dobradas, caindo lentamente para trás junto à sua sepultura aberta. Depois, apenas meio corpo, os olhos entrecerrados e a garganta jorrando sangue. Em seguida, o braço do tenente segurando a pistola junto à têmpora do general no momento de lhe dar o tiro de misericórdia. E no fim sua cabeça adormecida sobre a terra, com um pequeno buraco perto da testa pelo qual saía um fio escuro que se perdia no chão de terra remexida.

Ao pé das fotografias:

"O general Rueda Quijano se dirige indolente ao pelotão de fuzilamento."

"— General, qual é seu último desejo?"

"— Um cigarro."

"O general fuma sem bater as cinzas do cigarro; depois, sorrindo, levanta a mão e se despede: *Good bye!*"

"Uma sequência contínua de disparos interrompe a sua vida."

"O tenente dá o tiro de misericórdia no justiçado."

"O general Rueda Quijano tinha vinte e sete anos no momento da sua morte."

Naquela época, as meninas ignoravam que ter vinte e sete anos era ser muito jovem. No entanto, o general, alto e despreocupado, que caminhava indolente em direção à morte, deixou-as horripiladas. Ali estava dizendo adeus, sorrindo, mostrando a beleza dos seus dentes e a preguiça do seu corpo diante do ato violento de morrer. Muito perto dos seus olhos estavam os fuzis e às suas costas um tempo que os fotógrafos não haviam registrado com suas câmeras, um tempo que só ele conhecia. Nos livros estava a cabeça do moribundo Alejandro, e no jornal, a terra de algum lugar do México, e caída sobre ela, a cabeça e a garganta do general moribundo. Ele havia morrido na manhã anterior, e as meninas contemplavam sua morte na tarde tranquila do dia seguinte. Seus passos, sua indolência, sua beleza eram irrecuperáveis.

O jornal atirado sobre as lajotas vermelhas do corredor estava amarelado e seco; suas imagens de tinta preta mostravam como um general mexicano de vinte e sete anos morria. As meninas examinaram suas botas de montaria, suas calças de gabardine, sua camisa aberta, seus passos longos, o ritmo dos seus braços e seu olhar antes de morrer. Elas também examinaram o rosto sério dos soldados e, em seguida, a garganta poderosa e a cabeça do general estirada na terra remexida. Elas se olharam. As duas estavam deitadas no chão, de bruços, olhando para a mesma morte do mesmo general.

— Ele nunca mais vai se levantar— disse Eva, apontando a terra do jornal.

— Nunca.

— Nunca. Nunca nunquinha — insistiu Eva.

Os soldados e o tenente haviam mudado de lugar e o general Rueda Quijano ainda estava imóvel como uma estátua quebrada na terra seca.

— Disse *Good bye.*

— É uma chave — respondeu Eva.

— Mágica?

— Sim, para que os anjos das espadas venham recebê-lo.

A tarde tranquila foi atravessada pelas legiões alaranjadas de anjos armados. As árvores sacudiram seus galhos e a casa, sobressaltada pelo barulho, encolheu diante da grandiosidade do seu voo até se tornar uma pedrinha perdida numa grande planície. A passagem do general para o mundo dos guerreiros produziu aquele estrépito de espadas e depois aquele silêncio, aquele nada, aquela garganta entrecortada, aquele nunca, aquele jornal seco, aberto sobre as lajotas.

— O governo o matou. Tem que ter muito cuidado com o governo — explicou Eva, arregalando os olhos e olhando fixo para a irmã.

— Você já viu o governo?

— Sim... Eu o vi uma vez... Rutilio me disse: o governo safado é muito bandido...

— Matou o general Rueda Quijano.

— Matou para sempre — Eva disse essas palavras com voz grave.

— Para sempre?... Mas reencarnamos...

A roda das reencarnações, como a roda dos cavalinhos, começou a girar alegre e tristemente, como a música "México, febrero 23" no corredor da casa. Num cavalinho laranja adornado com penas brancas, passou o general Rueda Quijano com a mão no alto; *Good bye*, disse-lhes e desapareceu. Depois, no mesmo cavalinho laranja, apareceu de novo. "Já voltei", disse ele com a voz risonha, e desapareceu pela segunda vez. Ele tinha nascido de novo.

— Mas não temos o mesmo cabelo nem os mesmos olhos, é por isso que o governo mata para sempre — disse Eva com seriedade.

— Nunca vai se levantar.

No jornal, o general seguia estirado na terra seca. Sua boca levemente aberta não voltaria a dizer *Good bye*. Sua garganta imóvel continuava fuzilada na folha de papel ressecada, e seus cabelos ainda estavam dentro da tinta imóvel. Os soldados silenciosos olhavam para ele; nenhuma manhã, nenhuma tarde, voltariam a ouvir sua voz ou observar seus passos, pois o haviam fuzilado para sempre.

— Nunca nunquinha — repetiu Evita.

Ela colou o rosto no jornal e ficou quieta. Leli a imitou. As duas quietas sobre o general quieto. A casa estava tão quieta quanto elas, parecia que o governo a fuzilara. A tarde era uma tarde de jornal, tal como a manhã das fotografias. O som dos passos amassando o papel seco da tarde se aproximou delas, mas seus rostos não se afastaram do general baleado.

— Menina Leli, o seu tio está te convidando para jantar.

Era Ceferino, o criado do seu tio Boni, quem trazia a mensagem. Leli olhou para o general avançando com desdém para sua morte.

— Venha, menina, o seu tio está muito triste — insistiu Ceferino.

Desde a morte de Hebe, o seu tio sempre estava triste. Morava sozinho e ficava vagando pelo corredor da sua casa, sem querer ver ninguém, nem mesmo o seu irmão. A única pessoa com quem falava era ela, por isso não podia recusar o seu convite. Leli achou que viu Hebe se balançando na poltrona, seus cabelos loiros iluminados pelo sol da tarde e repetindo: "Eu quero ir embora daqui", e um dia ela foi. Aonde? Sabe-se lá! Havia tantos lugares para ir depois da morte que era difícil adivinhar em qual deles estavam Hebe e o general Rueda Quijano.

— Menina, estou te esperando.

Leli afastou o rosto do jornal e olhou para o general uma última vez, caminhando a passos largos em direção ao paredão. Ela se levantou, sorriu e também ela começou a andar a passos largos, balançando os braços, indolente, como o general.

— *Good bye!* — disse à irmã, com voz desdenhosa, e saiu à

rua, seguida por Ceferino.

— O governo é muito bandido.

— Sim, fuzila todos os mexicanos — respondeu Ceferino, que caminhava ao seu lado sob os pórticos silenciosos.

— Eu também sou mexicano — disse Leli, que naquele momento caminhava como o general mexicano, na paisagem dos fuzilados, a passos largos, indiferente à tristeza de perder a vida.

Ceferino olhou para ela, zombeteiro.

— Mexicano?... Você é uma menina, e tão loira. Você é espanhola.

As palavras de Ceferino a magoaram: ele não queria que ela fosse mexicano. Ficou em silêncio e respirou a tarde que subia ao céu. Ao longe, as colinas cor de laranja e de violeta tinham ficado quietas, sem iguanas, sem falcões, sem vento. O rio corria sem água, seco, como o jornal jogado no corredor da sua casa. Nas pedras ressecadas da rua havia cascas de amendoim. As varandas estavam fechadas e o quiosque silencioso da praça parecia um monumento funerário. A coisa mais importante desta vida era que morríamos. Todas as pessoas que iam ao mercado morriam, e todas as que moravam dentro das casas. As senhoras que alimentavam os cisnes em Sydney também morriam. Ela as vira retratadas no jornal dominical, usando chapéus brancos e sorrindo, apesar do seu triste destino. Havia dias como este, em que a morte tocava as ruas e as árvores com seus dedos fininhos, para nos fazer sentir que nada que este mundo encerrava era nosso. Na casa do tio encontrou a mesma tristeza deixada pela morte de Hebe, as mesmas árvores altas, os mesmos cachorros deitados no corredor, os mesmos veados correndo no jardim e o mesmo cheiro dos cigarros Camel. Tudo estava igual, instantâneo e fugidio, então Leli não entendia por que Ceferino não queria que ela fosse mexicano.

— Tio, por que somos espanhóis?

— Porque falamos a letra Z ceceando.

Por causa de uma letra ela não podia ser o general Rueda Quijano. Ceferino, sentado no parapeito, sorriu satisfeito. Na mesinha do corredor, ao lado dos cigarros e do cinzeiro, estava o jornal com o general fuzilado.

— Ele tinha apenas vinte e sete anos — disse o tio, olhando para a imagem do general caído, e balançou a cabeça incrédulo.

Ceferino enrolou uma folha de cigarro e começou a olhar para os perfis roxos das plantas. Leli, sentada numa cadeira alta, permaneceu absorta olhando para seus pés calçados com *huaraches*, que balançavam no ar. Seus dedos eram rosados e tão pequenos quanto os botões dos cravos antes de se abrirem, e um dia eles não seriam rosados e ninguém nunca mais os veria, nem sequer ela mesma. Ficariam estirados como os pés do general executado, no silêncio irrevogável do jornal. O tio e Ceferino estavam calados; pensavam também no desaparecimento dos dedos dos pés e das mãos. A casa inteira estava silenciosa, adivinhando sua morte. Depois de um tempo Fili apareceu, andando descalça, com a bandeja de refresco de água de jamaica, o gim Bols e os limões. Disse boa tarde e saiu sem fazer barulho. À noite, ela e o tio comeriam sozinhos, na mesa enorme, de toalha de mesa engomada, e Fili serviria figos, nozes e *natillas*.

— Tio, quantos anos você tem?

— Trinta e um.

A cifra não lhe dizia nada; ela o fitou para ver como era um homem de trinta e um anos: tinha cabelos loiros e vestia uma camisa de seda branca; cheirava como sempre a água-de-colônia, e seus olhos amarelados estavam tristes.

— O que seu tio lhe disse? — perguntavam-lhe em casa.

— Ele leu para mim: *A vida é sonho*.

— Boni vai se suicidar — respondia o pai e a olhava com os mesmos olhos amarelados do tio. Ele também sempre usava uma camisa branca e às vezes dizia muito assustado: "Estamos abandonados pela mão de Deus".

Seu tio se aproximou do jornal e olhou para o general Rueda Quijano por muito tempo.

— Queria morrer.

Ele derramou um pouco de gim Bols num copo, misturou

água nele e despejou algumas gotas de limão, bebeu um gole e, pensativo, se afastou pelo corredor. Andou muitas vezes para lá e para cá, para cá e para lá, depois se aproximou da menina.

— Você quer morrer?

Ela pensou muito antes de responder. O que era morrer?

— Se for de dia na morte, eu quero — respondeu.

O tio levantou uma mecha loira da menina e acariciou sua testa.

— É sempre de dia na morte. É por isso que eu quero morrer, mas a morte me faz vagar por esta casa...

— Todos nós morremos, senhor, por que ficar impaciente? — perguntou Ceferino com voz pausada.

Mas tio Boni estava impaciente e tamborilou com os dedos no jornal.

— É assim que você tem de morrer, em plena formosura — disse, apontando para o general Rueda Quijano.

Não havia consolo: lá estavam eles sentados, esperando que a noite descesse e a morte chegasse. E depois? Depois não havia resposta, os cachorros tampouco a sabiam e eles estavam quietos e largados, esperando também. Alguns veados se aproximaram da menina e, mansos, comeram os cigarros que ela lhes estendeu, Leli olhou para o perfil imóvel de Ceferino e as voltas incessantes do tio pelo corredor desamparado, e sentiu que estaria sempre assim: olhando para a infelicidade, com cigarros Camel na mão aberta, oferecendo-os aos veados com focinhos taciturnos.

— O general se impacientou — disse Ceferino.

Leli entendeu a impaciência do general Rueda Quijano. Ela faria o mesmo: iria em frente para romper seus dias, andando até o paredão, balançando os braços, sorrindo com desdém por antecipar o dia, e depois diria "aos outros": *Good bye*, e abriria com estrondo o Sempre Dia da morte, onde viviam os anjos alaranjados de costas reluzentes.

— Quando eu crescer, serei um general mexicano.

Ceferino se virou para olhá-la com desgosto, mas ficou com preguiça de responder a ela e depois de alguns instantes tornou a virar e ficou olhando para as árvores.

— Você vai ser tão bonito quanto o general Rueda Quijano — respondeu o tio, aprovando-a.

— Disse-lhes *Good bye*; chamou-os de vendidos — disse Ceferino, olhando para os veados, que espiavam por trás das árvores.

— A quem? — perguntou ela.

— Ao governo.

E os três voltaram a ficar tão quietos quanto o general morto no jornal. A tarde foi caindo atrás dos muros do jardim. Os passos de Boni continuaram girando entre as sombras. Uma fumaça perfumada acompanhava as idas e vindas da sua camisa branca. Era inútil que girasse, no centro do círculo estava Hebe, e ele ainda estava fixo e enfeitiçado, como o general dentro do jornal. A casa inteira estava dentro daquele dia de abril, quando Hebe parou de balançar na poltrona e de estender os cabelos loiros para iluminar o sol. As semanas e as festividades se solidificaram naquele dia inamovível de abril e o calor das gardênias regadas pelo solo e o ar irrespirável dos salões fechados se tornaram permanentes.

A voz de Boni surgiu misteriosa, como uma evocação mágica desde um canto do corredor:

Nossas vidas são os rios
que vão dar no mar
que é o morrer...

As palavras de Manrique, ditas em voz alta, dissolveram a quietude que imobilizava a casa e, de repente, fizeram com que a noite começasse a navegar ao longo de um leito de rio amplo e caudaloso. A voz melancólica que as dizia também entrou num rio que dava voltas e mais voltas por uma triste paisagem, e pouco a pouco tudo começou a navegar suavemente: Ceferino, sentado na mureta do corredor, flutuava sobre a corrente amarela do seu rio, avançando lentamente em direção a um mar luminoso. A cadeira em que Leli se sentava entrou numa corrente fria, e também ela foi navegando com as mãos estendidas, dando cigarros aos veados, que flutuavam emparelhados, em dois riachos vizinhos que, por sua vez, corriam para o mar. Era fácil viver deslizando sem ruído para a morte. Um vento suave acariciava seus cabelos, e as paisagens passavam docemente pelos seus olhos, inalcançáveis na sua beleza intocada. A voz de Boni desenhava salões e festas distantes, a umidade das montanhas e pássaros em movimento. Mais tarde, quando Boni já se calara, o tempo ainda fluía de uma fonte secreta, e os céus e pátios das casas continuavam deslizando como as luas nas nuvens. Eles foram para a mesa, e Fili e María avançaram com suas bandejas erguidas, para que a água dos seus rios não respingasse nas nozes e nas *natillas*. As tranças pretas das criadas voavam levemente sobre suas costas e suas anáguas roxas flutuavam como bandeiras semeadas em dois rios. A noite inteira avançava dentro de um rio que carregava estrelas, estuários, galhos, ventos e generais mexicanos fuzilados.

Leli comeu as *natillas*, sabendo que uma brisa úmida banhava seus cabelos, e que ela, sentada na cabeceira da mesa engomada, avançava em direção a um mar azul banhado por sóis amarelos.

— Tio, os rios dos generais têm corredeiras?

A imagem tirada da violência do jornal interrompeu subitamente a corrida em direção ao mar. Era irreparável a perda da sua beleza, e inútil sua testa quebrada. As pernas dobradas do general o levavam para trás, sem forças, como que apesar de si mesmas, para um lugar estranho. A menina teve a impressão de que ele ia sozinho, e de que não queria chegar àquele lugar desconhecido aonde as balas dos soldados o arremessavam com violência. As *natillas* se tornaram absurdas na louça branca. Já não lhe apeteciam. Depositou a colher no prato e esperou a resposta do tio, que a observava com os olhos amarelados cheios de tristeza.

— Sim, eles têm corredeiras, por isso só duram vinte e sete anos.

— E o seu rio?

O tio desviou o olhar e ficou mirando um ponto tão distante quanto aquele que o general estava olhando antes de receber o tiro de misericórdia.

— O meu?... O meu tem muitas voltas...

— E o de Ceferino?

— É muito longo e atravessa muitos vales...

Leli achava que o rio de Ceferino era muito velho e tinha visto muitas chuvas, muitos sóis e muita tristeza. Há quanto tempo Ceferino avançava dentro dos seus *huaraches*, com seu chapéu branco sobre os olhos negros e sua camisa rosa, úmida pela água do seu rio? Sabe-se lá! Ninguém podia dizer, nem mesmo Ceferino, pois com certeza ele havia esquecido as paisagens pelas quais navegara por tantos anos. Cruzou as mãos sobre a toalha da mesa, abriu bem os olhos e abordou a pergunta com valentia.

— E o meu?

Boni examinou por muito tempo seu comportamento sério, suas mãos quietas e seus olhos corajosos.

— O seu tem corredeiras. É um rio de general mexicano... Mas todos os rios, o seu, o meu, o do Ceferino e o do general Rueda Quijano, vão dar no mesmo mar.

Seus olhos amarelados encararam os da menina e seus lábios lhe presentearam com um sorriso. A dor do jornal se dissolveu nas suas palavras, e Leli soube que ali no mar éramos todos iguais, e que nunca mais o general Rueda Quijano iria sozinho, caminhando desdenhosamente até o paredão, observado pelos olhos sérios dos soldados e pelas câmeras absurdas dos fotógrafos da imprensa. O lugar para onde as balas dos máuseres o haviam levado era o mesmo para onde se dirigia seu rio de corredeiras violentas: um mar azul de sóis amarelos. Ali desse resplendor, o general a olhava se aproximar.

Posfácio

A SEMANA DAS CORES

Elena Garro

POSFÁCIO

Os tons de uma intelectual entre muitas cores

Mariana Adami

Conta um grande amigo de Elena Garro que, certa vez, embrenhado como um gato em seus armários à procura de algumas anotações antigas, encontrou um misterioso pacote de cartas, acumuladas e ordenadas sem qualquer critério, como lhe era típico. Num desafio de adivinhação, começou a decifrar os autores das cartas por suas letras. O resultado desse jogo poderia facilmente ser confirmado pelas assinaturas no final das correspondências. E ele se pôs a brincar. Diante de uma carta de Garro, no entanto, o amigo Pepe interrompeu brevemente sua diversão e abraçou a nostalgia lendo um recado da mexicana, que fora escrito vinte e cinco anos antes:

"Imediatamente vejo uma sua, sem envelope. Leio-a. Você me pede que colabore em uma revista fundada por um jovem muito inteligente. Quem pode rimar com 'ente'? Carlos Fuentes. (...) E a carta é de 1955! Você me dá broncas porque não termino meu romance (...). Meu romance, que vergonha. Que vergonha tê-lo publicado e sobretudo que o tenha lido você, que escreve com essa leveza, com essa graça. Ao lado da sua prosa tão verdadeira e tão irreal fica abolida qualquer tentativa de romance realista. Veja como você é tonta. Viver preocupada com os indígenas, os universitários, a política, e não se entregar à escrita, somente à escrita. Perce-

209

be? Passam Carlos Fuentes, Archibaldo Burns e permanecem '*As lembranças do porvir*" e '*A semana das cores*'"[1].

O que à primeira vista poderia ser apenas o relato de uma troca de mensagens entre velhos conhecidos é um precioso registro da intelectualidade latino-americana do século XX. Nas palavras explícitas ou nas entrelinhas, a carta de José Bianco[2] sintetiza uma série de vestígios da trajetória profissional da mexicana, que se materializam nesta coletânea de contos. Um dos mais interessantes é a dimensão das trocas e relações intelectuais.

É bem verdade que Garro começa sua produção tardiamente: após abandonar os estudos na Universidade Nacional Autônoma do México, sua carreira fica em segundo plano até 1941, quando passa a se dedicar ao jornalismo – ofício que a acompanharia pelos anos seguintes. À diferença de outros escritores renomados – como Jorge Luis Borges e Rosario Castellanos, que publicaram suas primeiras obras em plena juventude – o trabalho como literata se iniciaria apenas aos 36 anos de idade, o que, no século passado, já era sinônimo de uma mulher madura. Levou mais uma década até que fosse consagrada com um prêmio da área, mesmo que já tivesse reconhecimento e aclamação públicos. Apesar disso, Garro conseguiu adentrar o mundo dos congressos e reuniões das elites letradas relativamente cedo e muito de seu "fazer intelectual", nesse primeiro momento, se resumia à inserção nas redes de sociabilidade. Mas esse talvez tenha sido um dos maiores trunfos de sua trajetória: a capacidade de tecer relações e costurá-las

---

1 BIANCO, J. Carta a Elena Garro, 13 de dezembro de 1978. Archivo de Elena Garro, Firestone Library - Princeton University. Coleção 0827, caixa 7, pasta 14. Consultado em 22/03/2022.

2 José Bianco (1908-1986) foi um letrado argentino. Iniciou sua carreira produzindo ficção para suplementos de cultura em jornais e, por sua amizade com Jorge Luis Borges, logo se integrou à revista *Sur*, fundada por Victoria Ocampo e um dos bastiões das vanguardas artísticas nas Américas. De 1938 a 1961, esteve no conselho editorial do periódico e passou a se dedicar à tradução e ao ensaísmo. Nesta época, se destacou por seu trabalho de crítica literária, ao mesmo tempo em que publicou o primeiro de seus romances: *Sombras suele vestir* (1941). Pepe, como era chamado pelos amigos, retomaria as narrativas mais longas apenas décadas depois, publicando nos anos 1970 *La perdida del reino* (1972) e *Las ratas* (1973).

com parcerias de trabalho. É dessas conversas e contatos que *A semana das cores*[3] vai se construindo.

A proximidade com Pepe, por exemplo, rendeu não apenas trocas de textos e colaborações em projetos conjuntos, mas a publicação do conto "O sapateirinho de Guanajuato" na *Sur* (n°. 312, maio-junho/1968). Essa não foi a primeira vez que um dos relatos que acabaram reunidos na coletânea apareceu em revistas culturais. Graças à colaboração de longa data entre Elena Garro e Carlos Fuentes, "A Culpa é dos Tlaxcaltecas" compôs o nono número da *Revista Mexicana de Literatura* (março-abril/1964), que é citada na carta de Bianco. A estreia da publicação dos contos havia sido na imprensa tradicional, com "A Árvore" figurando no suplemento *"México en la Cultura"* do jornal *Novedades* (22/junho/1958). Na *Revista de la Universidad*, apareceram "Perfecto Luna" (agosto/1958) e "O dia em que fomos cães" (dezembro/1962). O número inaugural do periódico *Diálogos: artes, letras, ciências humanas* trazia "Que horas são...?" (novembro-dezembro/1964), ao lado de escritos de Roger Callois, Octavio Paz e Mario Vargas Llosa. *A semana das cores* é resultado de anos de compartilhamento de ideias com colegas e um incansável trabalho de escrita, publicação, acolhimento de críticas, revisão e reelaboração dos fragmentos que finalmente seriam compilados em volume único.

Como bem fazem os amigos mais próximos, Pepe não distribui somente elogios à mexicana e não esconde o tom de reprovação ao seu engajamento sócio-político. O ensaísta se queixa pela dedicação da autora a questões públicas – como as explorações dos indígenas, a manipulação e perseguição ao movimento estudantil, a política em geral – em lugar de investir seu tempo apenas na escrita. Seria impossível afirmar que Bianco não conhecia a produção de Garro suficientemen-

---

3   A primeira edição de *A semana das cores* foi publicada pela Universidade Veracruzana, em 1964, e apresentava apenas onze contos. Os textos "Era Mercúrio" e "Nossas vidas são os rios" foram adicionados posteriormente e contos como "A árvore" e "O sapateirinho de Guanajuato" ganharam novas versões em edições dos anos seguintes.

te bem, como um desavisado que toma nas mãos um texto cujo assunto não tem a mais remota ideia de qual seja. Pelo contrário, àquela altura, ele sabia que os universos mágicos da ficcionista eram repletos de alegorias sociais: intrigas entre figuras de autoridade e grupos subjugados (conquistadores e indígenas, patrões e trabalhadores, Estado e comunidades rurais), tempos circulares de angústia, povos abandonados à própria sorte, elogios ao poder libertador dos afetos e da arte. Resta, então, a conclusão de que os dois entendiam de modos diferentes o papel do intelectual.

Se Elena Garro esteve envolvida na militância – participando, por exemplo, de forma ativa em grupos como a Central Nacional Camponesa e o Congresso em Defesa da Cultura, fazendo investigações jornalísticas sobre as corrupções do Partido Revolucionário Institucional e entrevistando figuras públicas para criticar autoritarismos ou refletir sobre as experiências de Revolução nas Américas – foi exatamente por acreditar em uma espécie de responsabilidade pública dos pensadores e escritores. É por isso que, em sua "prosa tão verdadeira e irreal", análise, crítica e reinvenção da realidade são indissociáveis. O que quer dizer, na prática, que sua existência como intelectual era sua forma de agir publicamente e transformar a realidade, diante de dores e problemas que era incapaz de ignorar. Sua abstração nasce do mundo concreto que vê e vive. A literatura de Garro – com todos os seus artifícios de subversão da lógica, que alargam os limites da realidade conhecida e apagam as fronteiras entre vida e imaginação – projeta e relê questões latentes do cotidiano.

Na escrita, ela encontrou uma forma de narrar problemas da América Latina do século XX e imaginar mundos diferentes para o continente. *A semana das cores* é uma das grandes mostras de como os temas elencados por Pepe integram sua obra e dialogam com as entranhas da história e cotidiano latino-americanos. Nestes contos, interpreta à sua maneira e relata a perseguição aos povos originários, o descaso com os camponeses, a pobreza urbana, as desigualdades sociais, a exploração do trabalho doméstico, as permanências e legados da colonização, a repressão política, a violência em suas diversas facetas: urbana, estatal, policial, "caciquista". Em alguns dos relatos, o ouro está em discutir temas tão complexos como esses da perspectiva infantil das irmãs Evita e Leli[4].

Em uma entrevista que deu para a jornalista e escritora Elena Poniatowska, Garro conta que *A semana das cores* foi uma resposta às constantes indagações sobre o porquê de se importar tanto com os grupos mais vulneráveis da população. Na conversa, afirma que a coletânea buscava demonstrar que os indígenas eram, junto aos camponeses, "as pessoas cultas do país" ao mesmo tempo em que sofriam como vítimas de roubos, humilhações e violações[5]. Em outra aparição na imprensa, classificou sua segunda publicação editorial como criação literária a partir das suas memórias. Para ela, a nostalgia que brotava durante suas estadias fora do México lhe rendera escritos mais autorreferenciados do que quando estava em sua terra natal, quando se propunha a relatar o que observava. Mas, na perspectiva de que usava o poder da palavra para intervir no mundo concreto, sempre preservava a intenção de discutir questões latentes para o momento que vivia – fosse à distância ou de perto. Ao anunciar a coletânea em primeira mão, no ano de 1963, comenta: "Em Paris, acabo de terminar uma série de contos nos quais consigo me reconhecer (...). Nas demais obras, só escrevo o que vi, como em meu romance *As lembranças do porvir*[6]"[7].

O resultado bem sucedido dessa empreitada, assim como

---

4 É impossível não lembrar de Nellie Campobello, outra escritora clássica do cânone mexicana. A escolha, em *A semana das cores*, de atar dois fios de universos distintos – a vivência de crianças e a violência do mundo público – remete a *Cartucho* (1931), obra de contos brevíssimos que narram memórias de uma garotinha que cresce em Chihuahua durante a Revolução Mexicana.

5 PONIATOWSKA, E.; GARRO, E. "La prueba de fuego de los intelectuales". Novedades. 08 set. 1962

6 Cabe ressaltar que o romance citado foi escrito na Suíça, entre 1952 e 1953. Elena Garro reescreveu capítulos e fragmentos em seu retorno ao México, a partir de meados do mesmo decênio.

7 FICACI, R. A.; GARRO, E. "El mundo maravilloso y alucinante de Elena Garro y Marcel Camus". Novedades. 21 jul. 1963.

do restante de sua produção, é visivelmente reverenciado pelo correspondente portenho. Quando arremata a carta dizendo que muitos nomes se vão, mas continuam a reverberar os títulos *As lembranças do porvir* e *A semana das cores*, Pepe faz muito mais do que um mero elogio superficial de amigo: é uma análise precisa. Como crítico literário qualificado e experiente que foi, Bianco lembra que, quinze anos depois das publicações, as obras ainda tinham tremendo sucesso e continuavam sendo fundamentais para a narrativa latino-americana. Atestava, assim, a qualidade e impacto de seu trabalho.

A centralidade inegável dos treze contos – e da obra de Garro como um todo – na prosa latino-americana é confirmada por muitas outras vozes. Reconhecendo suas singularidades, a crítica espanhola María Dolores Arana comenta que o livro de 1964 é mais uma mostra de como a "extraordinária autora novamente ostenta seu indiscutível talento". Para além da habilidade criativa e do manejo da linguagem, os contos seriam o registro concreto de "seus causos, de seus protestos, de sua apaixonada rebelião", uma verdadeira transformação da "realidade cotidiana em acontecimento mágico"[8]. O escritor mexicano Emilio Carballido analisa os textos como criação profundamente ligada à história e identidade nacionais, afirmando que neles "vemos a ligação com seu povo, que a autora nunca romperá, a apropriação de viradas, metáforas, palavras arcaicas e modos pitorescos de representar a realidade". Atribui, ainda, um estilo autoral à letrada: "Elena é, no fim das contas, autora de um minucioso realismo com uma visão que abarca vários planos: realismo camponês"[9].

De sua conterrânea e homônima, recebeu um elogio poético, que talvez seja capaz de resumir a ousadia, sensibilidade e originalidade da obra: "Seus contos de *A semana das cores*, o formidável 'A Culpa é dos Tlaxcaltecas', são fortemente distintos de qualquer coisa na literatura. Seu voo é mais alto, seu

---

8 ARANA, M. D. "Flecha en el tiempo. Elena Garro". Revista Kena. 15 jun. 1965.
9 CARBALLIDO, E. "El regresso de Elena Garro". Tramoya: caderno de teatro. Janeiro-Março/1992.

movimento é mais gracioso"[10]. Para mim, leitora-aprendiz de Garro há uma década, seu texto é daqueles que nos tomam pela mão e nos conduzem em um universo totalmente inesperado. Dos que tratam o leitor ora com encantamento e sedução, ora com a exposição crua das perversidades do poder e das facetas mais sombrias do ser humano. Literatura de fôlego que, ironicamente, nos tira o ar.

Elena Garro foi – e segue sendo – uma intelectual de referência para a América Latina, tendo integrado diferentes círculos letrados que contribuíram para formar um olhar perspicaz e crítico para seu entorno, resultando em uma produção vasta, criativa e propositiva. No microcosmos de Garro, o México e a América Latina são, ao mesmo tempo, espaços de ciclos viciosos em torno da violência e de uma profunda e genuína esperança. *A semana das cores* é um dos muitos projetos de Garro que deixaram uma marca profunda e incontornável na narrativa do continente.

Mariana Adami[11]

---

10 PONIATOWSKA, E. "El recuerdo imborrable de Elena Garro". El Nacional. 30 ago. 1998.

11 Mariana Adami é historiadora doutoranda em História pela Universidade Estadual de Campinas (Unicamp). Cursou, como intercambista, Estudos Latinoamericanos na Universidad Nacional Autónoma de México (UNAM) e há uma década se dedica à pesquisa da obra de Elena Garro. Nos últimos anos, tem ministrado na Unicamp cursos eletivos sobre história e intelectualidade da América Latina. É autora de artigos e uma dissertação sobre o tema. Com Garro, compartilha o fascínio pelo México e o amor pelas artes.

Apoiadores

O livro não seria possível sem os 585 apoiadores da campanha de financiamento coletivo realizada entre os meses novembro e dezembro de 2024 na plataforma Catarse. A todos, um grande obrigado da equipe Pinard.

A Degustadora De Histórias Livraria Ltda
Adalberto Rafael Guimarães
Adônis Dias
Adriana Matsuoka
Adriana Toyoda Takamatsu
Adriane Cristini De Paula Araújo
Ágabo Araújo
Aisha Morhy De Mendonça
Alan Dos Anjos Ramos
Alan Gomes Freitas
Alessandro Lima
Alex Bastos
Alex Bonilha
Aline Aguiar Sousa
Aline Bona De Alencar Araripe
Aline Helena Teixeira
Aline Khouri
Aline T. K. Miguel
Aline Veloso Dos Passos
Aline Viviane Silva
Allison De Jesus Cavalcanti De Carvalho

Alzira Cristina Marques
Amanda Cardozo
Amanda Da Silva Rios
Amílcar Mielmiczuk
Ana Carolina Lessa Dantas
Ana Carolina Macedo Tinós
Ana Carolina Silva Chuery
Ana Claudia Vieira Vidal
Ana Cristina Schilling
Ana Flávia Vieira De França
Ana Gabriela Barbosa
Ana Hajnal
Ana Lúcia Gervásio Coutinho
Ana Luísa Fernandes Fangueiro
Ana Luiza Lima Ferreira
Ana Paula Squinelo
Ana Vitória Baraldi
Anderson Francisco Dos Santos
Anderson Silva Da Costa
André Colabelli Manaia
André Luis Machado Galvão
André Luiz Dias De Carvalho
André Luiz Silva Ramos

Andrea Carla Pereira Cavalcante

Andreia Santana

Anna Regina Sarmento Rocha

Anna Samyra Oliveira Paiva

Antônio Carmo Ferreira

Antonio Chaves Sampaio Filho

Antonio Vilamarque Carnauba De Sousa

Araceli Maria Alves Silva

Arianni Ginadaio

Artur Pereira Cunha

Astorige De Paula Rodrigues Carneiro

Augusto Cesar De Castro

Barbara Burgos

Bárbara Júlia Menezello Leitão

Beatriz Leonor De Mello

Benazir Freire

Berttoni Cláudio Licarião

Bianca Milan

Breno De Souza Juz

Bruna Dos Santos Pinheiro

Bruna Salmeron E Silva

Bruno Cavalcante Pereira

Bruno Da Silva Reis

Bruno Fiuza

Bruno Miano

Bruno Moreira

Bruno Novaes Bezerra Cavalcanti

Bruno Pinheiro Ivan

Bruno Santiago Portugal

Bruno Velloso

Cadmo Soares Gomes

Caio Jean Matto Grosso Da

Silva

Camila Dias

Camila Dos Santos Magalhães

Camila Melluso Ferreira

Camila Miguel

Camila Pontes Torres

Camila Vieira Da Silva

Camille Bucci

Carla Curty Do Nascimento Maravilha Pereira

Carla Guerson

Carla Hilst

Carla Ribeiro

Carlos Henrique De Sousa Guerra

Carlos Leonardo Bonfim Deolindo

Carmelo Ribeiro Do Nascimento Filho

Carolina Rodrigues

Caroline Domingos De Souza

Caroline Tomazelli

Caroline Vieira De Assis

Cassia L.M.

Cassia Silva

Catharina Mattavelli Costa

Catharino Pereira Dos Santos

Cauê Soares Lopes

Cecília Chalela Moreira

Celso Costa

Charles Cooper

Cintia Cristina Rodrigues Ferreira

Cíntia Zoya Nunes

Clara Barbosa

Claudia Avila Klein

Claudia Chalita Az

Cláudia Lomba Zambrana

Claudio Gonçalves Tiago

Clelio Toffoli Jr

Cyntia Micsik Rodrigues

Dafne Takano Da Rocha

Daniel Henrique De Novaes

Daniel Tomaz De Sousa

Daniel Vasconcelos

Daniela Cabral Dias De Carvalho

Daniela Campos

Daniela Marques Caramalac

Daniela Nascimento Da Silva

Daniele Cristina Godoy Gomes De Andrade

Danielle Da Cunha Sebba

Danielson Venceslau Nunes

Danila Cristina Belchior

Darwin Oliveira

Davi Jun Iryo Silva

David Miguel Costa

Débora Andrade Caetano

Denis Jucá

Diego Domingos

Diego Goes

Dieguito

Dilson Estevão Bogarim Insfran

Diogo De Andrade

Diogo Gomes

Diogo Leonardo Azevedo Ferreira

Diogo Souza Santos

Diogo Vasconcelos Barros Cronemberger

Dionatan Batirolla E Micaela

Colombo

Djonatan Avila

Dk Correia

Edielton De Paula

Edjane Maria De Oliveira Pinheiro

Edla Schreiter Perla

Edson Augusto Vicente

Eduardo Da Mata

Eduardo Etcheverry

Eduardo Vasconcelos

Elaine Cristina De Oliveira

Eliana Carmem

Eliana Maria De Oliveira

Eliete Dos Santos Ferreira De Melo

Elimário Cardozo

Elis Mainardi De Medeiros

Eloir Dreyer

Elton Alves Do Nascimento

Emilia Brenha Ribeiro

Emmanuel Feliphy

Erick Dias

Érico Zacchi

Estêvão Silveira Rendeiro

Fábia Felipe Dos Santos

Fabiana Guzman

Fabiano Costa Camilo

Fábio Sousa

Fabíola Ratton Kummer

Felipe Bergamasco Perri Cefali

Felipe Cuesta

Felipe Da Silva Mendonça

Felipe De Oliveira Campos

Felipe Junnot Vital Neri

Felipe Pessoa Ferro

Felipe Ricardo Burghi

Felipe Svaluto Paúl

Felippe Cesar Marins

Fernanda Da Conceição Felizardo

Fernanda Martinez Tarran

Fernando Bueno Da Fonseca Neto

Fernando Cesar Tofoli Queiroz

Fernando Da Silveira Couto

Fernando Luz

Fernando Oikawa Garcia

Fernando Simoes

Flávio Abuhab

Francielli Czelusniak Costa Chepluki

Francine Luz Da Luz

Francisco Abilio Mateus Filho

Francisco Cardozo Oliveira

Francisco Das Chagas Da Conceição

Francisco De Albuquerque Nogueira Junior

Francisco De Assis Rodrigues

Francisco Serpa Peres

Frank Gonzalez Del Rio

Fred Vidal Santos

Gabriel De Castro Souza

Gabriel Pinheiro

Gabriel Souto

Gabriela Neres De Oliveira E Silva

Gabriela Tesori Silva

Gabriele Pasquali Colla

Gabriella Malta

Geraldo Penna Da Fonseca

Germana Lúcia Batista De Almeida

Germana Marques

Geth Araújo

Getúlio Nascentes Da Cunha

Gilmar José Taufer

Giovana Sachett

Giovanna Fiorito

Giuliana De Lima Julião

Giulianna Bueno Denari

Gláucia Ariane Parente Da Silva

Gonçalo Andrés Fernandez

Guilherme Magalhães

Guilherme Mayer Amin

Guilherme Priori

Guilherme Rocha Sartori

Guilherme Torres Costa

Guilherme Zaccaro

Gustavo Bueno

Gustavo De Oliveira Santos

Gustavo Gindre Monteiro Soares

Gustavo Henrique Peres

Gustavo Jansen De Souza Santos

Gustavo Peixoto

Gustavo Picarelli

Hádassa Bonilha Duarte

Heitor Carlos De Siqueira Ferreira Junior

Helen Barigchun

Helena Coutinho

Hélia Cardoso

Helil Neves

Henrique Carvalho Fontes Do

Amaral

Henrique De Villa Alves

Henrique Luiz Voltolini

Henrique Santiago

Hevelly Acruche

Hugo De Jesus

Hugo Melo Da Silva

Igor Macedo De Miranda

Igor Montenegro

Inez Viana

Isa Lima Mendes

Isabel Albuquerque De Almeida Lins

Isabel Portella

Isabela Cristina Agibert De Souza

Isabela Dantas

Isabela Dos Anjos Dirk

Isabela Hasui Rezende

Isadora Soares

Itamar Torres Melo

Ivan Di Simoni

Izabel Lima Dos Santos

Jade Martins Leite Soares

Jakson Nako

Janete Yamazato

Janine Soares De Oliveira

Janine Vieira Teixeira

Jaques Sztajnbok

Jessé Santana

Jéssica Caliman

Joao Henrique Ribeiro Roriz

João Vianêis Feitosa De Siqueira

João Victor Fonseca De Carvalho

João Vítor De Lanna Souza

Joeser Silva

Jonathas Cotrim Dias

Jorge Luiz Valença Mariz

José Antonio Veras Júnior

José De Carvalho

Jose Freitas Sobrinho

José Guilherme Pimentel Balestrero

José Luis Mixtro

Jose Luiz Kaltbach Lemos

Jose Paulo Da Rocha Brito

Josiane Ferreira

Joviana Fernandes Marques

Joyce K. Da Silva Oliveira

Júlia Maria Guimarães Lopes

Juliana Cachoeira Galvane

Juliana De Souza Leuenroth

Juliana Gonçalves Pereira

Juliana Nasi

Juliana Salmont Fossa

Juliana Silveira

Júlio Canterle

Julyane Silva Mendes Polycarpo

Kalany Ballardin

Karina Aimi Okamoto

Karina Frensel Delgado

Karina Pizeta Brilhadori

Karina Pontes Casanova

Karinna Julye Checchi

Karla Galdine De Souza Martins

Karla Rodrigues Dias Ferreira

Katherine Dambrowski

Kevynyn Onesko

Laís Felix Cirino Dos Santos

Laleska Fernanda Costa Gonçalves

Lana Raquel Morais Rego Lima

Landiele Chiamenti De Oliveira

Lara P. Teixeira

Larissa De Almeida Isquierdo

Larissa Gersanti

Larissa M F S Andrade

Larissa Sanches Paulino

Laura Hanauer

Laurianne Maria Passos Rego Rubim

Lauriete Aparcida Pereira

Lázaro Marques De Oliveira Neto

Leandro De Proença Lopes

Leandro Ferreira Da Silva

Leandro Schuch Palmeiro

Leíza Rosa

Leonardo Barçante

Leonardo Da Costa Serran

Leonardo Júnio Sobrinho Rosa

Leonardo Marques

Leonardo Pinto De Almeida

Lethycia Santos Dias

Levi Gurgel Mota De Castro

Ligia Maciel Ferraz

Lilian Vieira Bitencourt

Livia Marinho

Livia Marques Siqueira

Luana Andrade

Lucas Cabral

Lucas Do Couto Gurjão

Lucas Gabriel Rocha Menezes

Lucas Gonçalves Bitencourt

Lucas Menezes Fonseca

Lucas Santos Fonseca

Lucas Sipioni Furtado De Medeiros

Luciana Almeida Piovesan

Luciana Braga Luz De Mendonça

Luciana Harada

Luciana Luzia Prado Cardoso

Luciano Busato

Luciene Assoni Timbó De Souza

Lucio Pozzobon De Moraes

Luis Barbon/Roseli

Luís Eduardo Lopes Gonçalves

Luís Otávio Felipe Ribeiro

Luisa Carneiro Martins Da Costa

Luiz Antonio Capelas

Luiz Antonio Rocha

Luiz Eduardo Lima

Luiz Fernando Cardoso

Luiz Gonzaga

Luiz Guilherme Barbar Fabrini

Luiz Hideki Sakaguti

Luiz Paulo Melo Costa

Luíza Dias

Luiza Nunes Corrêa

Luiza Pimentel De Freitas

Lysiane Corrêa

Madresilva Ferreira Magalhães

Maikon Jean Duarte

Maiquel Luis Pruinelli

Maíra Leal Corrêa

Marcelle Saboya Ravanelli

Marcelo Belico Da Cunha

Marcelo Dos Santos Da Silva

Marcelo Fernandes

Marcelo Medeiros

Marcelo Novo E Trigueiros

Marcelo Ottoni

Marcelo Scrideli

Márcio Da Silva Barros

Marco Antonio Da Costa

Marco Antonio De Toledo

Marco Giannelli

Marco Severo

Marcos Kopschitz Xavier Bastos

Marcos Murillo Martins

Maria Antonieta Rigueira Leal Gurgel

Maria Celina Monteiro Gordilho

Maria Elisa Noronha De Sá

Maria Fabiana Silva Santos Nascimento

Maria Helena Firmbach Annes

Maria Inês Farias Borne

Maria Luiza Kovalski

Maria Paula Villela Coelho

Maria Salet Ferreira Novellino

Maria Vitória E Altina Rodrigues Lima Dos Santos

Mariana Bricio Serra

Mariana Carmo Cavaco

Mariana Moro Bassaco

Mariana Mussi Nishioka

Mariana Pairé Rosa

Marianne Teixeira

Marília Procópio Tavares

Marina Dieguez De Moraes

Marina Fukumoto

Mário A. Canto

Mario Cezar Augusto De Almeida Bezerra

Marisa Benfica Alvarez

Marjorie Sommer

Marli Camargo Adami

Marta Isaac

Maryna Meireles Prado

Mateus Duque Erthal

Mateus Medeiros

Matheus Cruz Da Silva

Matheus Lemos Rodrigues De Souza

Matheus Lolli Pazeto

Matheus Miguel Brustolin Da Silva

Matheus Rodrigues

Matheus Sanches

Maycon Da Silva Tannis

Mayk Oliveira

Melly Fatima Goes Sena

Micheli Andrea Lamb

Miguel De Jesus Velani

Mirella Maria Pistilli

Miriam Borges Moura

Miriam Paula Dos Santos

Miro Wagner

Moab Agrimpio

Monalisa Feitosa Resende

Monica Aparecida Ferreira

Monique Izoton

Monique Santos Castilho

Murillo Dias Winter

Nachuan Yin

Nadia Assis Battistetti Lima

Naína Jéssica Carvalho Araújo

Natasha Ribeiro Hennemann

Nathalia Costa Val Vieira

Nathan Matos

Nicolas Guedes

Nicolas Neves

Nielson Saulo Dos Santos Vilar

Núbia Esther De Oliveira
Miranda

Olivia Mayumi Korehisa

Otto Soares De Araujo Neto

Paloma Da Silva Brito

Pamella Caroline Alberti
Moreira

Patricia Akemi Nakagawa

Patricia Borba

Patricia De Aguiar Dantas
Caralo

Patricia M Martins

Patricia Moraes Dos Santos

Patrícia Names

Patricia Quartarollo

Patrick De Oliveira Wecchi

Paula Lemos

Paula Piereck De Sá

Paulo Celso Silva

Paulo Cezar De Mello

Paulo Cezar Mendes Nicolau

Paulo Duarte Garcez

Paulo Eduardo Hebmuller

Paulo Ney Lucas

Paulo Olivera

Paulo Ricardo Rocha Lima

Paulo Werneck

Pedro Américo Melo Ferreira

Pedro Cavalcanti Arraes

Pedro De Sá Menezes Neto

Pedro Fernandes De Oliveira

Neto

Pedro Figueiredo

Pedro Henrique Martins Basilio

Pedro Henrique Perdigão
Rodrigues

Pedro Nathan

Pedro Pacifico

Pompéia Carvalho

Priscila Miraz De Freitas
Grecco

Priscilla Fontenele

Quim Douglas Dalberto

Rafael Leite Mora

Rafael Machado

Rafael Müller

Rafael Padial

Rafael S

Rafael S. Baumann

Rafael Theodor Teodoro

Raissa Barbosa

Ramos Conrado

Raphael Nunes Nicoletti
Sebrian

Raphael Scheffer Khalil

Raquel Alves Taveira

Raquel Emanuele Leite Rocha

Raquelle Barroso De
Albuquerque

Rayanne Pereira Oliveira

Regiane Bandeira Da Silva
Khan

Regiane Moura

Regina Kfuri

Renata Bossle

Renata Moraes Orle

Renata Perina

Renata Sanches

Renato Carneiro Martins Da Costa

Rener Gustavo S. Souza

Ricardo Alexandre De Omena Rodrigues

Ricardo Munemassa Kayo

Ricardo Pimentel

Rita De Cássia Dias Moreira De Almeida

Roberta De Matos Vilas Boas

Roberta Mateus

Rocinante Sebo

Rodolfo Alves De Macedo

Rodolfo Moraes

Rodrigo Bobrowski

Rodrigo Soares

Rogers Da Silva Bezerra

Romildo Gregorio De Lira

Romulo Cabral De Sá

Ronaldo Nelson Günther

Rosana Vinguenbah Ferreira

Ruben Maciel Franklin

Rubia Da Silva Lima Macedo

Rubiane Rechenberg

Rudi Ricardo Laps

Sabrina Da Paixão

Samantha Da Silva Brasil

Samuel Caetano

Samuel Da Silva Sobral

Sandy Pombo

Sanndy Victória Freitas

Franklin Silva

Selma Daniel Jacinto

Sérgio Fabiano

Sergio Klar Velazquez

Sérgio Rodrigues Costa

Silvanildo Macário Dos Santos Filho

Silvia Costa

Silvia Helena Temporini Gonçalves

Simone Marluce Da Conceição Mendes

Sonia Aparecida Speglich

Stéffany Naomi Solla Lima

Stephanie Spinelli

Suelen Rosa Fonseca

Suely Abreu De Magalhães Trindade

Suely Custodio

Sulaê Tainara Lopes

Tadeu Meyer Martins

Tais Cangussu Galvão Alves

Tânia Maria Florencio

Tati Bonini

Tatiana Barbirato

Tereza Cristina Santos Machado

Thaís Campos Costantini

Thaís Dias Do Carmo

Thais Terzi De Moura

Thales Veras Pereira De Matos Filho

Thélio Farias

Thélio Queiroz Farias

Thereza Cristina De Oliveira E Silva

Thiago Almicci

Thiago Camelo Barrocas

Thiago Groh De Mello Cesar

Thiago Rabelo Maia

Thiago Rodrigues Nascimento

Thiago Santos De Assis

Thiele Ritter

Thuany Thayna Da Silva Gomes

Tiago Castro

Tiago Coelho Fernandes

Tiago Nogueira De Noronha

Tiago Pavinato Klein

Tiago Velasco

Tobias V.

Urraca Miramuri De Figueiredo
Mendes

Valeria Pinto Fonseca

Valquiria Gonçalves

Vanessa Coimbra Da Costa

Vanessa Panerari Rodrigues

Vânia Perciani Rosa

Vicente Florêncio

Victor Almeida

Victor Cruzeiro

Victor Gabriel Menegassi

Victor Wanderley Costa

Victória Gomes Cirino

Vinicius Eleuterio Pulitano

Vinicius F. Ribeiro

Vinicius Lazzaris Pedroso

Vitor Yeung Casais E Silva

Waldíria Bittencourt Vieira

Wandréa Marcinoni

Wasislewska Ramos

Wesley Castellano Fraga

Wilton De Melo Barbosa

Yara Andrade Santos

Yasmin Cardoso Alves

Yunes A.Kohatsu Geha

Coleção Prosa Latino-americana

Originária do latim, a palavra *prosa* significa o discurso direto, livre por não ser sujeito à métricas e ritmos rígidos. Massaud Moisés a toma como a expressão de alguém que se dobra para fora de si e se interessa mais pelos outros "eus", pela realidade do mundo exterior. A prosa está no cotidiano, no rés do chão, nas vizinhas que conversam por cima do muro, nos parentes que plantam cadeiras nas calçadas para tomar ar fresco e ver a vida lá fora. Se ouvimos dois dedos de prosa, já sabemos que estamos em casa. Em "Las dos Américas", escrito em 1856, o poeta colombiano José María Torres Caicedo apresenta pela primeira vez a ideia de latino-americano ao falar de uma terra merecedora de futuro glorioso por conter "um povo que se proclama rei". Hoje o termo diz respeito a todo o território americano, exceto os Estados Unidos, abrangendo os 12 países da América do Sul, os 14 do Caribe, os 7 da América Central e 1 país da América do Norte. É a nossa casa. Dona de uma literatura rica pela diversidade, mas ainda com muitos títulos desconhecidos pelos leitores brasileiros, a prosa latino-americana vem composta pelos permanentes ideais de resistência, sendo possuidora de alto poder de contestação, dentro de uma realidade que insiste em isolá-la e esvaziá-la. Com esta coleção cumpre-se o objetivo de ampliar nosso acervo de literatura latino-americana, para corrermos e contemplarmos a casa por dentro, visitá-la em estâncias aconchegadas, de paredes sempre bem revestidas.

1. Dona Bárbara, de Rómulo Gallegos
2. O aniversário de Juan Ángel, de Mario Benedetti
3. A família do Comendador, de Juana Manso
4. Homens de Milho, de Miguel Ángel Asturias
5. Eu o Supremo, de Augusto Roa Bastos.
6. Museu do romance da Eterna, de Macedonio Fernández
7. O Caudilho, de Jorge Guillermo Borges
8. Huasipungo, de Jorge Icaza
9. Sab, de Gertrudis Gomez de Avellaneda
10. Raça de bronze, de Alcides Arguedas
11. Avalovara, de Osman Lins
12. A semana das cores, de Elena Garro

Copyright © 2025 Pinard
Copyright © 1964 Elena Garro,
© 2020 Roberto Enrique Tabla Steinmann por la Titularidad de los Derechos Patrimoniales
Título original: *La semana de colores*

Grafia atualizada segundo o Acordo Ortográfico da Língua Portuguesa de 1990,
que entrou em vigor no Brasil em 2009

EDIÇÃO
Igor Miranda e Paulo Lannes

TRADUÇÃO
Silvia Massimini Felix

POSFÁCIO
Mariana Adami

REVISÃO E COMUNICAÇÃO
Vinicius Barbosa

CAPA E PROJETO GRÁFICO
Gabriela Heberle

**DADOS INTERNACIONAIS DE
CATALOGAÇÃO NA PUBLICAÇÃO (CIP)**

(Câmara Brasileira do Livro, SP, Brasil)

Garro, Elena
A semana das cores / Elena Garro; tradução Silvia
Massimini Felix. -- São Paulo: Pinard, 2025.
Título original: La semana de colores
ISBN 978-65-981636-5-5
1. Ficção mexicana 2. Realismo fantástico
I. Título.
CDD-M863
Índices para catálogo sistemático:
1. Ficção : Literatura mexicana M863
Eliane de Freitas Leite - Bibliotecária - CRB 8/8415

PINARD
contato@pinard.com.br
instagram – @pinard.livros